Scri
1

ENZO FILENO CARABBA

IL DIGIUNATORE

Romanzo

PONTE ALLE GRAZIE

In copertina: Antonio Donghi, *Il giocoliere*, 1936, olio su tela
© Antonio Donghi, by SIAE 2021
Progetto grafico della collana «Scrittori»: ushadesign
Progetto di copertina: *the*World*of*DOT.

Ponte alle Grazie è un marchio
di Adriano Salani Editore s.u.r.l.
Gruppo editoriale Mauri Spagnol

Il nostro indirizzo Internet è www.ponteallegrazie.it
Seguici su Facebook e su Instagram
Per essere informato sulle novità
del Gruppo editoriale Mauri Spagnol visita:
www.illibraio.it

Pubblicato in accordo con MalaTesta Lit. Ag. Milano
© 2022 Adriano Salani Editore s.u.r.l. – Milano
ISBN 978-88-3331-688-8

C'era qualcosa in lui che non si arrendeva
a niente, neanche all'evidenza.

«Giovanni Succi, la meraviglia del secolo decimonono».
New York Herald

«Si provi pure a spiegare a qualcuno l'arte del digiuno.
A chi non la conosce è impossibile darne un'idea».
Franz Kafka, 1922

La carovana

In certi pomeriggi lunghi, le carovane uscivano dal Paradiso Terrestre e puntavano diritto verso il paese, cariche di pietre preziose, elisir e frutti sconosciuti. Approfittavano di circostanze cosmiche favorevoli, segnalate dalle fosforescenze del cielo, e abbandonavano il Giardino dell'Eden, un luogo che esiste ancora ma non è più abitato da persone normali. Erano carri traballanti, casette con le ruote di legno, strani veicoli che portavano scimmie e pappagalli, uomini forzuti, donne magiche. Guidati da una stella o da uno sciame meteorico, si dirigevano verso la nostra normalità. Un viaggio nebuloso e difficile. Raggiunta la pianura, i cavalli affondavano nel fango alluvionale lasciato dal Diluvio, venivano inghiottiti dai fossili sparsi da Dio. Alla fine arrivavano solo pochi carri, o un carro soltanto. A volte appariva un uomo solo, senza il carro, magari con una ruota di legno che lanciava in avanti per spianarsi il cammino. Poteva sembrare lacero e malridotto, ma era immortale.

Oppa Oba

Giovanni Succi nacque a Cesenatico nel 1850, vicino al mare. Oggi, a Cesenatico Ponente, esiste via Succi, una stradina parallela al porto-canale. Giovanni era un bambino forte e crebbe in una terra di mangiatori. Nessuno avrebbe potuto immaginare che sarebbe diventato il più grande digiunatore di tutti i tempi. Nessuno a parte la nonna materna, una donna piccola e sensitiva, imperiosa, che dirigeva la famiglia come si comanda un veliero: assecondando i venti e intervenendo solo nei momenti decisivi. Così almeno la vedeva lei. In realtà interveniva spesso.

Il padre di Giovanni si occupava di traffici marittimi. La famiglia era benestante. Ma non era sempre stato così. Un tempo erano pescatori e, di solito, quando dici pescatori aggiungi umili. Umili pescatori. In realtà, nella famiglia Succi correva da sempre anche una corrente di grandezza. Era il suo bello. Si sentivano eccezionali. C'era, in questa megalomania, una generosità che faceva bene a un bambino. Soprattutto gli uomini si consideravano i migliori pescatori, i più grandi mangiatori, i più focosi amatori e così via. Questa grandezza generica e risoluta si impresse nella mente di Giovanni, insieme a una sensazione di invulnerabilità.

Un passato di fame e un presente di grande appetito. Uno dei modi in cui un neonato era tenuto a distinguersi era mangiare. Giovanni cominciò subito bene, beveva litri di latte materno. «Come Ercole, che in una notte ebbe bisogno di dieci vacche» disse la nonna, che aveva uno strano libro di mitologia.

«Non sono una vacca» osservò timidamente la madre, ma nessuno le dava retta.

Quando fu in grado di assumere cibo solido, Giovanni si lasciava rimpinzare felice. Ma un giorno rifiutò il boccone. Chiuse la bocca e la riaprì solo per dire solennemente: «Oppa Oba».

«Che ha detto il bambino?»

«Troppa roba» sussurrò la madre.

Troppa roba. Aveva avuto una visione del futuro dell'umanità?

Tutti risero, soprattutto lo zio, un uomo enorme, e perfino il padre, un uomo che non si scordava mai la forza del suo successo e la bellezza dei suoi baffi. Solo la nonna Luisa abbassò appena le palpebre e scrutò il bambino con sospetto amorevole. Da allora, si convinse che non mangiava abbastanza. Questa idea andava contro ogni evidenza, perché Giovanni in pochi anni diventò un mangiatore eccezionale, dunque normale. Ma la nonna era capace di visioni: intuiva i digiuni del futuro.

Giovanni iniziava il pranzo stringendosi la cintura alla vita, poi a metà pasto la allentava, pensando in questo modo di creare uno spazio nuovo e mangiare di più e dare soddisfazione alla famiglia.

Era un bambino impressionabile. Un cuginetto furbo gli spiegò che, durante la prima comunione, gli avrebbero messo una fascia sulla fronte così poi il prete ci avrebbe piantato un chiodo. Crocifissione frontale. Quando venne il suo turno di avvicinarsi al prete e offrire la fronte si tirò indietro. Questa fu la prima e ultima volta in cui si tirò indietro davanti a una prova. A cena, per guarirlo dalla sua stranezza, la mamma gli mise nel piatto una doppia razione, perché così aveva deciso la nonna. Quella notte lui, ancora scosso dall'immagine della fronte con chiodo, sognò che la nonna lo voleva mangiare. «Il parmigiano va bene su tutto» diceva avvicinandosi. Era terribile. Ma quando si svegliò le voleva bene come prima. Del resto la nonna aveva ragione: nel cibo stava il mistero del nipote. Giovanni non ingrassava mai, si manteneva robusto nel senso di forte, era fatto di una materia speciale.

Quando la nonna agguantava un argomento non lo mollava facilmente. «Ora ti spiego come si sono conosciuti i tuoi genitori. Ormai devi sapere come nascono i bambini. Tu sei nato dai ravioli». Si erano conosciuti durante una cena. Erano seduti uno di fronte all'altro ma non potevano guardarsi. In mezzo al tavolo c'era una zuppiera piena di ravioli, la montagna di ravioli era così alta che i futuri genitori di Giovanni non riuscirono a vedersi prima di averne mangiati centinaia. Solo a quel punto fecero conoscenza e iniziò l'amore. «Sei troppo magro, se continui a mangiare così poco come farai a trovare una moglie?» sembrava dire questa storia rotolandogli nella testa.

Uomini prodigiosi

Arrivava il circo, ma non era uno di quei circhi organizzati col tendone e tutto il resto che abbiamo in mente. Erano nuclei famigliari, per esempio la famiglia Tafani, una coppia con tre figli e qualche animale. Si esibivano in piazza e il pubblico doveva portarsi le sedie da casa. Povere acrobazie, scene comiche. Ho detto povere perché così pare a noi del popolo mondiale degli Oppa Oba studiando i documenti, ma Giovanni aveva invece una sensazione di lusso esotico. La cosa che più lo colpiva era che facevano quello che gli pareva, o così sembrava a lui, a cominciare dai vestiti. Ogni tanto la famiglia Tafani si tratteneva un po' di più. Un anno, mentre i grandi si esibivano in zona, la figlia piccola frequentò un po' di terza elementare nella classe di Giovanni. Genio dell'organetto, sapeva molte più cose di loro su tutti gli argomenti. Era bellissima. Veniva dal Paradiso Terrestre. Le bambine di quei piccoli circhi erano sempre belle. Le brutte le uccidevano.

Più spesso arrivavano singoli individui, circhi individuali. Nel 1860 ne arrivò uno alto, magro, a torso nudo in pieno inverno, con pantaloni del pigiama a righe. Già a vederlo era uno spettacolo. Si sistemò accanto alla fontana della piazza. Dispose i suoi oggetti (un secchio e una scatolina) con la massima cura, senza parlare, e cominciò.

«Io ora mi sdraio in terra e voi mi montate sopra». Gli montarono sulla pancia in tre, poi in quattro, poi in cinque.

«Non mi basta» urlava lui, «non mi basta».

Alla fine gli montarono sopra in quindici, dove capitava, tenendosi abbracciati per non cadere.

Applausi del pubblico. Giovanni neanche applaudiva. Fissava affascinato.

L'uomo si alzò, serio, guardando negli occhi proprio Giovanni, che non dimenticò mai quel momento. Rimase ipnotizzato per sempre. Assorbì l'importanza di uno sguardo serio.

L'uomo infilò la mano nel secchio, prese un ranocchio e lo ingoiò. Un altro ranocchio. E lo ingoiò. Un terzo ranocchio. Lo ingoiò. Poi bevve acqua dal fiasco e rivomitò i ranocchi. Vivi. Aprì la scatolina e lo fece con la lucertola.

Con un leggero inchino babilonese raccolse le offerte su un pezzo di stoffa: qualche moneta (i soldi erano rarissimi) ma soprattutto cose da mangiare, e se ne andò leggero.

«Voglio diventare come lui» disse dopo aver visto l'uomo coi pantaloni a righe. Iniziò gli allenamenti insieme al suo amico Luca. Si montavano a vicenda in piedi sulla pancia. La parte che gli piaceva di più era dire «Non mi basta, non mi basta». Segnalava una forza illimitata, oppure un eroismo insaziabile. Come se avessero bisogno che la gente gli montasse sulla pancia. In realtà gli bastava. Infatti non chiamarono altre persone, anche se si ripromettevano di farlo non appena fossero diventati forti abbastanza.

Per quanto riguarda il numero con rane e lucertole non ci riuscirono, non dico a risputarle vive, ma neanche a inghiottirle. «E poi la lucertola si aggrappa con quelle zampine, e la rana salta» si ripetevano rabbrividendo per giustificare il fallimento. Giovanni fu quello che andò più vicino a inghiottire la rana. Tutte le volte che ci provava gli venivano delle contrazioni alla gola che non aveva mai provato, e imparare a governarle gli tornò utile in seguito. Per il momento, il risultato fu una strage di rane. Si dissero che quell'uomo doveva ricorrere a qualche trucco di cui non si erano accorti. Giovanni dentro di sé sapeva che non c'era nessun trucco. Dopo aver inghiottito le rane, aveva aperto la bocca per far vedere che era vuota. Nessun trucco. Solo molta serietà.

L'anno dopo arrivò l'uomo-cavallo senza milza. Arrivò correndo, anche lui a torso nudo, e al collo aveva appeso questo cartello: «Uomo-cavallo senza milza». Chissà da dove arrivava, sempre correndo, o così lasciava credere. In ogni caso, cominciò a correre su e giù per il paese. I ragazzi gli andavano dietro, ma alla fine si stancarono. L'ultimo a fermarsi fu Giovanni, che stava diventando sempre più forte. Ma neanche lui poteva competere con l'uomo-cavallo senza milza, il quale, dopo che anche Giovanni si fu fermato, corse in su e in giù per un'altra ora. Poi si sedette in piazza, ma non in mezzo, in un angolo riparato. Chi gli dava un pezzo di formaggio, chi del pane o del vino. Stava lì, dimesso, a mangiare, nel suo angolo. Per noi forse c'è una vena di tristezza, a immaginare la scena. Chissà chi era davvero, l'uomo senza milza. Ma Giovanni ne colse solo l'aspetto eroico. «Voglio essere come lui» disse. E cominciò gli allenamenti di corsa.

Non è che volesse imitare tutti quelli che arrivavano. Saltellando, arrivò uno dal lontano deserto di non so dove, sosteneva lui. Con l'aiuto di una pomata che spalmava sulle palpebre si faceva cadere gli occhi e poi li rimetteva a posto. Sosteneva che continuava a vederci. «Ci vedo con il naso» diceva.

«È possibile vederci con il naso?» chiese Giovanni.

Il tipo si rivolse alla piccola folla, sconsolato.

«Non sa neanche questo» fu la memorabile risposta. «A volte vedo coi gomiti».

La gente rise. Non ci credevano, ma avevano bisogno di divertirsi e quell'individuo lo sapeva. L'uomo, convennero con Luca, era sicuramente un imbroglione. Anche perché fece l'esperimento di sera quando non ci si vedeva bene, neanche con il naso. Il momento in cui gli occhi rotolavano nella ciotola era particolarmente confuso. Però perfino in questo caso a Giovanni un dubbio rimase, anche se non lo disse a nessuno. Gli piaceva che il dubbio rimanesse, più che un dubbio era una speranza: «E se davvero fosse possibile vederci con il naso?» Chiudeva gli occhi e ci provava. Era molto impressionabile. Una bella fortuna. Viveva in un mondo pieno di possibilità.

Il respiro

Gli uomini che venivano dal mare li riconoscevi subito: le rughe parlanti, la sicurezza dello sguardo, i piedi prensili e espressivi. Potevi domandargli da dove venivano, e ti rispondevano parlando dell'ultima volta in cui avevano toccato terra, ma se gli chiedevi di dove fossero non rispondevano. Se rispondevano era uno scherzo. La domanda doveva apparirgli ridicola, o inopportuna. Non appartenevano a nessuna città, ma a un'antica civiltà marina che all'epoca di Giovanni era ancora viva. Una civiltà liquida: sparsa tra l'Italia, la Grecia e l'Africa Settentrionale. Andavano su imbarcazioni lente. Solcavano il mare. Pensavano in un modo tutto loro. Erano diversi.

Portavano allo zio, un individuo magnifico nella sua enormità, che ormai si muoveva sempre meno, le granseole di cui era goloso. Giovanni guardava i granchi grossi e gracili agitarsi nelle nasse.

Uno di questi uomini si fece calare nel canale, dentro una cassa, sott'acqua, chiuso e incatenato. Saltò fuori dopo più di cinque minuti. Aveva resistito tutto quel tempo senza respirare, e nel frattempo si era liberato. Una cosa impossibile. Non sembrava neanche atletico. Giovanni decise che lo avrebbe fatto anche lui.

«Come hai fatto?» gli chiese Giovanni.

«Ti devi addormentare» spiegò quello. Poi gli regalò un lungo coltello arrugginito che fece scandalo in famiglia ma emozionò Giovanni per tutta la vita.

Era impressionabile ma non era pazzo. Non provò a farsi chiudere in una cassa sott'acqua. Decise di andare per gradi. Intanto doveva abituarsi a non respirare. Provò in cucina, mentre la nonna cucinava.

«Smettila sciocco, che ti scoppia il cervello» disse la nonna.

Giovanni trattenne il fiato ancora per un po' e poi boccheggiante le spiegò quello che cercava di fare. Andare contro l'istinto. Domare il corpo. La nonna scosse la testa. La sua teoria era che l'uomo è fatto per respirare e che uno deve fare quello per cui è fatto.

«Se l'istinto c'è ci sarà un motivo. Soprattutto non farti vedere da tua sorella».

Parlava di Augusta Costanza Succi, nata nel 1849, un anno prima di Giovanni. Con l'adolescenza le era preso «un attacco di religione» e mangiava sempre meno per avvicinarsi a Dio, che non mangia affatto. Anche lei voleva domare il corpo. Quel chiodo in fronte di cui parlava il cugino furbo Augusta l'aveva ricevuto davvero, sia pure in modo metaforico. Ci mancava altro che le venisse in mente di non respirare.

Giovanni tacque, anche se la sorella già sapeva tutto, tra loro parlavano molto.

In Augusta questa fiamma religiosa, dopo una lunga parentesi e un matrimonio, si riaccenderà a distanza di anni. I due fratelli sono destinati a diventare: uno il più grande digiunatore di tutti i tempi, l'altra madre Valeria di San Sebastiano, fondatrice della Congregazione Pontificia Suore Oblate di Sant'Antonio di Padova, in bilico sul precipizio della santità. Ma torniamo in cucina.

La nonna lo guardò e disse: «Tu cosa sai fare?»

Lui sapeva fare un sacco di cose.

«Ormai sei grande» aggiunse la nonna. Quella donna leggeva nel pensiero. Intendeva dire che le cose che sapeva fare Giovanni non servivano a niente a un uomo adulto sano di mente. Giovanni si accorse di colpo di essere cresciuto. Devo diventare un uomo d'affari come papà, pensò. Perché non sapeva niente degli affari di famiglia? Il cugino del chiodo in fronte già lavorava con successo. E lui? Non sapeva fare niente, aveva ragione la nonna.

Ebbe paura di sé stesso.

Ma era capace di pronte reazioni di fronte alle insidie della propria personalità.

Cos'hai da guardarmi in quel modo? disse a sé stesso.

«Devo diventare come mio padre» disse alla nonna.

La nonna rispose di sì e scosse la testa.

«Già… è vero» disse il padre a Giovanni, quella sera, scuotendo la pipa, seduto solennemente nel suo studio. Per essere un uomo d'affari, aveva dei momenti di singolare vaghezza che piacevano a suo figlio. «Ora devo fare un viaggio importante. Quando torno inizierai a lavorare con me».

Il padre sapeva tutto. Tutte le cose utili. Basta mangiare rane e sputarle vive! Non sarò mai l'uomo-cavallo. Imparerò le cose utili e mi trasformerò. Già mi vedo, pensò Giovanni. Era fiero di ciò che sarebbe diventato. Smise di trattenere il fiato. Respirò profondamente.

La notizia

Nel 1862 ci fu una tempesta nello stretto di Messina. Nicola, il padre di Giovanni, morì nel naufragio del suo veliero. L'imbarcazione andò giù così velocemente che nessuno si salvò. Si inabissarono anche i beni della famiglia Succi.

Giovanni si chiuse in camera e in sé stesso, luoghi in cui non si trovava bene. Cadde per giorni una pioggia scura, si sentiva protetto dal lugubre muro di pioggia.

Una sorella santa può esasperare e può essere d'aiuto, dipende dai momenti. Augusta si sentiva in colpa, ripeteva che il naufragio era colpa sua, che non aveva pregato abbastanza, e ora stava pregando per far tornare il padre. Giovanni non capiva se intendeva farlo risorgere o se pensava che non fosse morto davvero, dato che non era stato ritrovato il corpo. Augusta gli disse che doveva costruirsi una fortezza interiore, un posto inaccessibile in cui rifugiarsi, una cella nella mente, e poi doveva uscire di camera. Augusta pregava per una vita di povertà, che l'avrebbe fatta espiare.

«Per carità di Dio, smetti di pregare» implorava la nonna.

Le preghiere di Augusta funzionarono. La famiglia si ritrovò povera e perse la casa.

Si trasferirono a casa dei parenti di Rimini, dove abitava anche il cugino furbo, sempre più prospero. La madre di Giovanni non la prese bene. L'atto di posare le valigie in una casa non sua le mise addosso una tale tristezza che morì. La sorella pregava. Giovanni che poteva fare? Senza i silenzi di sua madre si sentì perduto.

Non sapeva fare niente, la sua mente tornava sempre allo stesso punto. Il padre, grande affarista, non aveva fatto in tempo a insegnargli. E così l'epopea commerciale del grande mercante Giovanni Succi venne troncata sul nascere. La vita gli aveva teso una trappola. Gli piaceva solo esercitarsi nelle acrobazie di cui erano maestri gli uomini che arrivavano dal Paradiso Terrestre, ma neanche la sorella lo capiva. Come molte sante, aveva qualcosa di brutale. «Sei perso nei tuoi giochi» gli diceva vedendo che quando non era depresso si esercitava come saltimbanco. «Ma io prego per te, per la tua salute spirituale» lo rassicurava. Lei non credeva che nel Paradiso Terrestre facessero quelle cose, e non credeva proprio nel Paradiso Terrestre. La parola «terrestre» la disturbava.

La sorella non aveva tutti i torti. Lui voleva essere come uno degli uomini del Paradiso Terrestre. Nel Paradiso Terrestre non ci sono soldi, solo scambi. Era abbastanza bravo, ma non così tanto, forse non lo avrebbero lasciato entrare. Lo riprese la paura di sé stesso. Di diventare come lo zio enorme. Che era stato relegato in uno stanzino dove quasi non entrava e da cui sicuramente non usciva. Ne sarebbe uscito solo smontato. La pioggia continuava e Giovanni sperava non finisse mai.

La nonna era una grande provocatrice ma anche un genio del conforto, quando voleva, e cioè in rari casi.

«Non crederai che siamo davvero dei poveri pescatori diventati ricchi grazie alla loro abilità negli affari. Prima eravamo molto più ricchi. Possedimenti in tutta la zona. Siamo solo capaci di dilapidare».

«Ma che dici?» intervenne il fantasma della madre nella testa di Giovanni. «Così lo butti ancora più giù». Ma la nonna non le dette retta.

«Ma sì. Un tempo eravamo pieni di possedimenti. Tutti immeritati». Alla parola «immeritati» gli occhi della nonna sfavillavano di entusiasmo.

«Tuo padre ha lasciato dei conti disastrati. Avevamo già perso tutto prima del naufragio. Siamo una famiglia disastrosa».

Che belle parole. La notizia che non veniva da una famiglia di grandi affaristi lo sollevò. La consapevolezza di venire da una «dinastia di imbecilli» lo liberava da ogni peso, da ogni confronto. Dunque non era lui la pecora nera. Era una pecora normale. La nonna gli parlò a lungo dei possedimenti perduti. Lo affascinavano. Non era sicuro che fosse vero. La nonna gli disse che per lo più erano stati perduti a carte. In quella zona era pieno di famiglie che avevano perduto la prosperità a carte. Ma allora chi aveva vinto? Non importa. Giovanni era attratto dalla grandezza fiabesca di quei possedimenti, non dall'aspetto materiale.

«Sei ancora un bambino» gli disse la nonna. Intendendo dire che poteva fare qualsiasi cosa.

Lui respirò. Erano mesi che non respirava così bene. E dunque nel momento di massima disperazione, quando si sentiva senza scelta, nel momento che poteva rappresentare la fine dei sogni, dell'infanzia, e già che ci siamo anche della vita, la mente geniale della nonna lo lanciò oltre il baratro. Bisogna anche ammettere che Giovanni doveva avere una eccezionale capacità di resistere e di reagire. La pioggia smise. Lui uscì di casa. Il mondo a quel tempo era inesauribile. E anche le parole. Disse la prima che gli venne in mente: «Africa». Vide una ruota rotolare lontano e la seguì.

La pianura delle colline

A quel tempo il mondo era eterno. In Africa era anche inesauribile. Giovanni girò il continente in lungo e in largo. Allora c'era una libertà di movimento che non riusciamo a immaginare. Cercava di mettere su imprese commerciali che, coerenti con sé stesse e con il destino, colarono sempre a picco. Un fallimento dietro l'altro. Però non si sentì mai una vittima. Mai. Neanche quando fu rinchiuso in manicomio, anni dopo.

Un giorno camminava nella savana. Di solito era accompagnato da una persona del luogo. Questa volta no. Era solo. Aveva fame. Gli piaceva avere fame, gli metteva appetito. Non aveva paura, aveva un fucile. Ogni tanto incontrava qualcuno che attraversava a piedi quei territori pieni di animali munito solo di un bastone e procedeva con le spalle diritte, compassato, tranquillo, senza guardarsi attorno. Giovanni si sentiva a casa. C'erano posti uguali nei suoi ricordi di infanzia. Per esempio una radura con in mezzo un cespuglio. Questo era un paesaggio che si ripeteva e che gli era estremamente famigliare. Certo, in Italia il cespuglio era di rosa canina, mettiamo, e qui se guardavi da vicino era tutta un'altra pianta. Ma il colpo d'occhio era identico.

Giovanni aveva questa capacità di familiarizzare con tutto. Anche se da dietro il cespuglio vedeva fare capolino la testa di un rinoceronte, e aveva paura, riusciva a familiarizzare con la paura e andava avanti, sia pure tornando indietro.

Quella volta, la sera scese più veloce del solito. Le stelle, quelle sì, erano diverse. Doveva raggiungere un paesino, si era perso ma era bravo a non ammetterlo. E poi era instancabile.

Arrivò a una grande radura piena di collinette. Strano. Il vento soffiò e le collinette luccicarono. Quelle lucine erano occhi. Lo guardarono. Ma era possibile che le colline lo guardassero? Sì, tutto è possibile. Le collinette si mossero. Si alzarono. Erano bufali. Una mandria di bufali si stava muovendo verso di lui. Lentamente, all'inizio. Le grandi ombre accelerarono, pesanti. Riuscì a raggiungere un fosso e rotolò dentro. Si appiattì, mentre le corna dei bufali cercavano di raggiungerlo senza riuscirci perché il fosso era stretto. Stette lì non si sa quanto, respirando il meno possibile, per restare appiattito. Le corna avanzavano.

Pensare che si era sempre preoccupato dei leoni, animali che invece, tutte le volte che li aveva incontrati, si erano dimostrati distaccati in modo quasi offensivo. E ora invece doveva morire per dei bufali, che rovistavano il fosso in cerca di lui, suscettibili, offesi da chissà cosa.

La fame, la stanchezza, la solitudine, il vuoto dentro, la paura, ora sentiva tutto per bene. Si fusero in una sensazione nuova. Una *condizione* nuova. Si accesero delle fiammate nella sua testa. In che posto era finito? Quella non era casa sua. Rivide la nonna che gli diceva «Vieni, ti mostro la scatola». Era la scatola dei ricordi del nonno, la nonna non faceva mai vedere a nessuno il suo contenuto. Era commovente pensare a quella donna che si chiudeva in camera per pomeriggi interi a guardare i ricordi di suo marito. Giovanni l'aveva seguita in camera e lei aveva aperto la scatola. Era zeppa di soldi. «Soldi?» aveva chiesto lui. «I soldi mi ricordano tuo nonno, gran puttaniere» aveva risposto lei, e gliene aveva dati metà. «Parti» gli aveva detto, consentendogli di lanciarsi nei suoi fallimenti africani. Dopo una scena del genere non poteva morire in un fosso, come era accaduto a un cacciatore dalle sue parti, incornato da un toro.

Poi sentì un suono simile a quello di un trombone, le corna smisero di cercarlo e lo scalpiccio si allontanò. Ma non poteva essere sicuro che tutti i bufali fossero andati via. Inoltre, a una parte della mente del Succi piaceva stare rinchiusa o rimpiattata, come dimostreranno i lunghi soggiorni in una gabbia, in una teca di vetro o in una scatola. Lo faceva sentire bene, ridotto all'essenziale. L'opposto di troppa roba.

«Non puoi stare lì per sempre» gli disse la nonna.

Lui sollevò la testa di qualche centimetro, sottraendo la faccia al rassicurante abbraccio del fango.

«Esci di lì ti dico» gli disse la nonna. Ma stava usando la voce di un altro. Lui allora si affacciò fuori dal fosso. C'era un carretto traballante, trainato da un cavallo, e su quel carretto c'era un uomo. Era lui che aveva parlato. Aveva in mano una grossa conchiglia bucata.

«Sbrigati prima che cambino idea» indicò la mandria, che non si era allontanata di molto e ora si stava di nuovo interessando a lui. L'uomo soffiò nella conchiglia producendo ancora quel suono morbido e possente. La mandria si arrestò. I bufali tesero i colli larghi verso le stelle, riflettendo su qualcosa.

Giovanni montò su. Ripartirono. Il carretto tintinnava, per gli oggetti metallici appesi. Si sentì al sicuro. Guardò il conducente. Un individuo dai vestiti colorati. Non l'aveva mai visto. Ma conosceva il tipo d'uomo. Magro, allampanato, scattante. Impossibile sbagliarsi: apparteneva alla razza dei saltimbanchi, degli uomini dei baracconi. Che arrivavano fino a Cesenatico Ponente ma viaggiavano ed erano ovunque. Alla loro saggezza errante si dovevano la gioia e la salvezza del mondo, e anche la sua.

Lo stregone errante

«Mettiti là» disse il saltimbanco, indicando una capannetta al centro del carro. Giovanni si affacciò e vide, dentro, un corpo raggomitolato.

«Chi è?»

«Un imbecille come te. Li trovo tutti io. Vi porto al villaggio dove verrete curati».

Dal soffitto della capannetta pendevano conchiglie e ciuffi di erbe aromatiche. «Disinfettano l'aria» spiegò l'uomo.

«Preferisco stare fuori».

«Come vuoi» rispose l'uomo. «Ma prendi questa» e gli dette una radice da succhiare. «Quando arriviamo ti sistemo il dito».

Ora che glielo faceva notare, il dito gli faceva male. Doveva esserselo rotto nella foga di buttarsi nel fosso, o mentre cercava di sprofondare nel fango.

«Respiri troppo. Sei forte ma respiri troppo. Calmati».

Chi era quell'uomo che lo aveva salvato? Un saltimbanco o un medico? A volte i saltimbanchi erano medici. Quel carro doveva essere una specie di ambulanza della savana.

Mentre andavano parlarono ancora. Che bellezza.

Erano mesi che non parlava così bene, senza sforzo. Aveva imparato abbastanza la lingua del luogo. Aveva un talento soprannaturale per le lingue. Ma con quest'uomo era diverso. Era meglio. Doveva aver viaggiato molto perché parlava una mescolanza di lingue che a Giovanni risultava chiara.

Dopo un'ora sentì che gli stava venendo la febbre, pensò che aveva finito il chinino. Stava male, ma non sarebbe mai entrato nella capannetta dove giaceva quel moribondo.

«Vai a distenderti» disse l'uomo. «Sei bello robusto. Se muori ti mangiamo».

L'uomo fece un sorrisetto indecifrabile.

«Sai come siamo noi selvaggi».

Giovanni si trascinò fino alla capannetta e si addormentò.

Arrivarono in vista del villaggio che già albeggiava. Giovanni si svegliò, stava molto meglio, a parte il dito, la febbre era sparita. Il tipo accanto a lui sembrava morto. Giovanni uscì dalla capannetta e si sedette accanto all'uomo che l'aveva salvato. Aveva viaggiato per tutta la notte guidando senza mai dormire? Evidentemente sì. Avvolto in un gran cencio che gli serviva da mantello, l'uomo guardava davanti a sé. Giovanni lo studiò alla luce del giorno. La sera prima gli era sembrato giovane, invece era vecchio. Ma una vecchiaia ardente. Aveva i capelli bianchi, la barba corta, due occhi intelligentissimi. Era di una magrezza spaventosa e sembrava indistruttibile.

Nel villaggio furono accolti da una piccola folla. Ora gli chiederanno di esibirsi, pensò Giovanni, chissà che giochi incredibili è capace di fare. Attendeva l'esibizione. L'antica emozione lo prese. E qui avvenne un fatto clamoroso. Niente. Il suo salvatore non fece niente. Con mille riguardi lo fecero accomodare in una casetta in legno ai margini del villaggio, e sistemarono Giovanni in una capanna più piccola poco lontana. Il tipo raggomitolato, invece, fu preso dalla sua famiglia.

L'uomo che l'aveva salvato non era un saltimbanco, piuttosto una specie di stregone, ma diverso da tutti quelli che aveva incontrato. Questo non stava fermo in un posto ma se ne andava in giro e in ogni villaggio aveva la sua casetta. Lo veneravano come un santo. Uno stregone errante.

Il saltimbanco

I lunghi viaggi africani di Giovanni Succi erano mossi da ambizioni pratiche, commerciali e perfino politiche. Ma, anche se non osava confessarlo neppure a sé stesso, mentre si dava da fare per ottenere il successo economico (con risultati sempre disastrosi) forse andava cercando quel Paradiso Terrestre da cui venivano gli uomini dei baracconi. Quando arrivava in un posto che per qualche motivo gli ricordava Cesenatico Ponente, si esibiva con quei numeri che aveva imparato da ragazzo. Intuiva, in quei gesti, un linguaggio universale. Capace di aprirgli tutte le porte. E così fece anche stavolta. Non calcolando che in quel villaggio non c'erano porte.

Evitò di esibirsi come uomo-cavallo. Ci aveva provato in altri villaggi, non aveva funzionato. Succi era diventato, effettivamente, un corridore straordinario. Ma in quei posti non mancavano i corridori straordinari, e così andava a finire che invece di ammirarlo lo incoraggiavano, assicurandogli che poteva fare di meglio.

Si fece montare le persone sulla pancia e gridò «Non basta, non basta», ma le persone non sembravano soggiogate dallo spettacolo.

Riuscì a ingoiare e risputare una rana. Esercizio perfetto (quasi perfetto: la rana morì). Questo è il mio trionfo, pensò.

Ma se pensava di dominarli con quei giochi si sbagliava. L'accoglienza fu tiepida, qualcuno rideva, lo consideravano una specie di comico, non dei migliori.

Dopo l'esibizione ebbe un nuovo attacco febbrile, questa volta più forte. Non poteva ripartire.

«Peggiorerai» gli disse lo stregone. «Si riunirà l'assemblea del villaggio per decidere cosa fare di te. L'uomo che avevo raccolto e che ha viaggiato con noi sul carro è morto. Questo è brutto».

L'assemblea si dispose attorno a Giovanni. Parlavano a turno. Chi parlava doveva stare su una gamba sola. Quando non ce la faceva più e poggiava la seconda gamba doveva smettere di parlare. Un ottimo sistema per raggiungere la sintesi.

C'era una donna che incuteva timore: tempestosa, imponente, severa. La tipica custode dei valori locali: un personaggio pericoloso. Assomigliava a una vicina di casa di Giovanni, che dunque riteneva di conoscere il tipo. «Non si muove foglia senza che Teresa non voglia» diceva la nonna. Quella donna (Teresa appunto) l'aveva guardato alzando le sopracciglia fin da quando era piccolo.

«Una cretina» disse nella sua testa la voce della nonna.

In più questa indossava un turbante che le conferiva una certa aria di importanza, fondata su chissà cosa. Fin dal primo giorno si era mostrata diffidente nei confronti di Giovanni. Sosteneva che non era vero che capiva le parole dello stregone, faceva finta. Qualcuno le aveva fatto notare che allora anche lo stregone doveva fingere, ma lei lo aveva fulminato con lo sguardo. «Finge solo lo straniero». Questa donna incurante della logica aveva un marito nell'assemblea e doveva averlo indottrinato bene. Era uno di quelli che facevano più domande. Cosa ci faceva Giovanni da quelle parti? Perché era lì?

Lo stregone traduceva le risposte di Giovanni.

«Sono stato sull'isola di Joanna, la principale delle Comore, dove ho concluso accordi molto importanti con il sultano. Ora sto studiando le regioni interne per incarico della Società Geografica».

«Eccone un altro che se ne va in giro a non far niente» disse il marito di Teresa (chiamiamola così), stando sulla sua gamba sarcastica. «Un saltimbanco. E le storie che inventa non sanno di niente perché non sono vere. Che le inventa a fare?»

Il bello è che erano storie vere. Ma nessuno sembrava credergli. Una situazione che si sarebbe ripetuta molte volte nella sua vita.

Il capo del villaggio si alzò sulla sua bella gamba dominante e chiese: «Sei qui per occuparti dei tuoi interessi?» Una domanda insidiosa.

Calò un silenzio allarmante.

Si sentì perduto.

31

La gamba del prete

Fu in quel momento che lo stregone si alzò e cominciò a parlare.

«Non sa neanche questo» esordì solennemente indicando Giovanni. Le stesse parole di quel saltimbanco che sosteneva che si può guardare con il naso. Giovanni mentre l'altro parlava fissava la sua gamba, simile alla colonna di un tempio ma anche a un vecchio tronco, immobile eppure rigogliosa. Un miracolo di forza e di equilibrio. Aveva molto da imparare da quell'uomo, se restava vivo. Anche solo dalla sua gamba. Quella gamba era sacra. E lo stregone era una specie di prete.

Terminata l'assemblea, quando tutto fu finito, il prete non tradusse l'intero discorso a Giovanni. Ma lui capì di essere salvo. Lo avrebbero tenuto nella sua casetta fin quando fosse guarito. Se poi non guariva avrebbero trattato il corpo con tutti i riguardi.

Il prete sussurrò a Giovanni: «Gli uomini vogliono essere imbrogliati». Giovanni Succi non voleva imbrogliare nessuno e non riuscì a capire cosa intendesse dire lo stregone. Forse che le sue esibizioni erano imbrogli? No davvero. Prevedevano dei trucchi, non degli imbrogli. Forse il prete aveva un sistema per restare così tanto su una gamba sola, ma Giovanni non credeva neanche a questo. Quella gamba meritava tutta l'ammirazione possibile. Una gamba non mente. L'assemblea non era stata imbrogliata, salvandolo avevano fatto la scelta giusta.

Il farmaco

Stava ancora male. Lo spettro della malaria gli faceva paura. Lo spostarono sotto una tenda ai margini del villaggio. Lo stregone nella semioscurità si chinò su di lui e gli disse che non era malaria. Il modo misterioso in cui pronunciò queste parole – un misto di latino e africano – invece di spaventarlo lo rassicurò. Gli piaceva quel mistero. Quando non capiva bene il senso di una frase le attribuiva origini oscure e poteri miracolosi. Il suo carattere impressionabile lo spinse a vivere. Ma lasciamo che sia Giovanni Succi a parlare. Il digiunatore tra il 14 e il 15 marzo così raccontò il momento decisivo:

«Sapendomi gravemente ammalato, egli era venuto spontaneamente a curarmi. Una folla di gente lo aveva seguito fino alla mia tenda; ma con due parole egli mandò via tutti e depose, quando fummo soli, sulla sabbia, entro la mia tenda, un fazzoletto che teneva dai quattro capi e nel quale vi era qualcosa di pesante. Ne vidi uscire due tartarughe, una grande, l'altra piccola, che si misero a camminare l'una dietro l'altra, dopo avere allungato il collo a destra e a sinistra, e andarono a rincantucciarsi sotto un mucchio di erbe secche, a un angolo della tenda. Il santone, o stregone che fosse, mi guardò con benevolenza, mi chiese se soffrivo, e quindi mi esaminò minutamente la lingua, le gengive e l'interno delle palpebre. Si mise a sedere accanto al mio giaciglio e da un astuccio di cuoio che portava alla cinta cavò una mezza dozzina di piccoli involti, ognuno di colore diverso; ne scelse due, me li mostrò, e additandomi l'angolo ove si erano nascoste le tartarughe: «Ecco quanto ti occorre» egli mi disse, «per guarire non solo, ma per sostentarti durante quaranta giorni e quaranta notti. Nello stato in cui ti trovi ora non sentirai affatto la privazione di altri alimenti, al quattordicesimo giorno potrai prendere il farmaco più micidiale per distruggere i germi di questa o di qualunque altra malattia, senza che il tuo organismo ne venga leso. Bada però a non abusare dello stato di salute, e per mera curiosità, di ciò che sto per insegnarti, poiché in questo caso ti sentirai molto turbato sino al settimo dì, e se resisterai in questo periodo alla tentazione alimentare, te ne passerà per sempre la voglia e il bisogno. Ma dopo il trentesimo giorno di assoluto digiuno, sarai assalito da tentazioni tanto forti verso la perfezione infinita che ti sarà difficilissimo frenare i tuoi nervi, e finirai per gettarti nello spazio e nel fuoco, prima che il tuo essere abbia raggiunto tanta purità da potersi librare nell'aria e resistere all'azione distruttrice del tempo e degli elementi».

La folla che seguì lo stregone era il segno che la comunità l'aveva accettato e partecipava alla sua cura. E così Giovanni smise di sentirsi solo. Per quanto riguarda le tartarughe, negli appunti privati si legge che le considerò il simbolo di un guscio che lo proteggeva ma da cui doveva liberarsi. Uscire da quel guscio voleva dire rinascere.

Nei quaranta giorni di digiuno raggiunse stati mentali

di particolare intensità che noi chiameremmo di delirio o, come scriverà Sigmund Freud in un testo poi ripudiato, stati psicologici estinti. Il modo in cui lo stregone dispose i suoi oggetti a terra rivelò agli occhi di Giovanni la sua natura di saltimbanco del Paradiso Terrestre. Era finalmente giunto a destinazione? Alcuni dicono che avesse il fegato danneggiato e che il digiuno fosse l'unica cura, questo farebbe dello stregone un medico eccellente. È lo stesso Succi a sottolineare che i giorni di digiuno, quel primo glorioso digiuno, furono quaranta, e che il numero non è a caso. Quaranta giorni digiunò Cristo nel deserto. Quaranta giorni digiunò (più di una volta) Pitagora, raccomandando ai suoi allievi riluttanti di fare altrettanto per risvegliare i processi mentali. Quaranta giorni digiunò san Francesco prima di ricevere le stigmate. È possibile pensare a un numero simbolico, ma è anche possibile che il simbolo sia operativo, che quaranta giorni siano i giorni sufficienti per ottenere l'efficacia terapeutica. Per lo meno in personalità plasmabili e fisici resistenti come quelli di Giovanni Succi. Qua però dobbiamo chiarire un punto. Nonostante la prospettiva grandiosa (Gesù, Pitagora, san Francesco, la purezza, la perfezione infinita), in Giovanni Succi non c'era niente di altezzoso. Lo descrivono anzi come un bambinone dalla pelle rosea e delicata.

Quando erano bambini Giovanni e sua sorella avevano sentito la storia di santa Veronica da un monaco errante che faceva le capriole. («Ma quale monaco, è un maniaco, stategli lontano» aveva detto la nonna, ma non le avevano dato retta). Veronica, santa seicentesca, fu autrice di numerose autobiografie: non era mai contenta di sé stessa e si riscriveva. Si dava a digiuni spaventosi, per amore di Dio e tensioni con gli uomini. In verità, più di una volta fu sorpresa a ingozzarsi di cibo in cucina, per di più nelle ore proibite, magari quando le altre suore facevano la comunione, ma spiegò che era il diavolo che prendeva le sue sembianze per farle fare brutta figura. Questa versione dei fatti fu verificata e così, a tempo debito, la protagonista fu fatta santa. Ne ridevano molto, Giovanni e la sorella da bambini, ma evidentemente qualcosa di quella storia era entrato in loro e operava, per vie silenziose e diverse.

Nella tenda in cui giaceva Giovanni Succi, non c'era nessuna cucina in cui mangiare di nascosto, e d'altra parte lui non avrebbe avuto la forza di alzarsi in piedi e raggiungerla. Ma nella sua sofferenza estrema ripensava chissà perché a sua sorella, alla storia di Veronica, cercava di ridere, stava raggomitolato a terra e stringeva la boccetta con il farmaco che lo avrebbe condotto a rinascere.

I dialoghi interiori

Gli insegnamenti dello stregone produssero i loro effetti. Un peggioramento catastrofico. Giovanni avvertiva la sofferenza dei singoli organi interni con una lucidità insopportabile. Il fegato si torceva e urlava, lo chiamava per nome, lo offendeva. Qualsiasi persona normale si sarebbe fatta convincere da quei disperati appelli fisici e avrebbe smesso di seguire la cura per tornare all'altalenante delirio di febbri malariche, che avevano il pregio di confondere le sue idee e anche quelle degli organi interni. Ma lo stregone era il suo eroe, il suo prete, il suo dottore, il suo santo. Un uomo meraviglioso che arrivava e diceva: «Parla al tuo fegato, parla col tuo stomaco, digli che va tutto bene. Sei tu che comandi. Non lui». Forse, chissà, se fosse stato in forze Giovanni avrebbe avuto qualcosa da ridire. Ma era così spossato che non aveva voglia di discutere e fece come gli diceva. Continuò col digiuno. A quanto pare il dialogo con gli organi interni funzionò. Li prese uno per uno. Li ascoltò. Ci parlò. Gli dettero retta.

Dopo due giorni di digiuno stette un po' meglio. La tempesta degli organi si acquietò. Solo mal di testa, colpi di sonno, impossibilità di concentrarsi. Lo stregone si chinò su di lui: «Parla al tuo dito. Digli qualcosa. Smetti di forzarlo». Giovanni non se ne era neanche accorto. Ma continuamente muoveva il dito che si era rotto nel fosso. Maniaco delle prodezze atletiche e dell'allenamento perenne, lo esercitava piegando un legnetto elastico. «Così si gonfia di più e basta» disse lo stregone coprendolo di fanghiglia. Giovanni lasciò che il dito si riposasse. «Stai buono, va tutto bene» gli disse.

Sua mamma quando era piccolo lo curava in silenzio, gli rimboccava le coperte e gli diceva di stare lì buono. Crescendo se ne era dimenticato. Perché in famiglia c'erano personalità teatrali che si facevano notare molto di più e allora la mamma passava in secondo piano. Però gli voleva bene, anche se era immersa nella malinconia, un sentimento che Succi fuggirà con successo. C'era tra lui e sua mamma quel dialogo muto, ora se lo ricordava, e quel piacere di essere curato. Lo stregone aveva dissepolto quell'antica sensazione.

La stanza dello zio

Pian piano, trattandosi meno energicamente del solito, con rispetto e dolcezza, riusciva a rallentare i battiti del cuore. Si abbandonava, cedeva, lasciava andare. Scopriva un sé stesso attutito. A volte li rallentava talmente tanto che il malessere si arrendeva, e veniva sostituito da un benessere indefinibile. In quello stato di torpore, sarebbe potuto andare ovunque. Entrava nella stanza dello zio, che abitava accanto a loro. Chissà perché proprio lì, doveva essere importante, altrimenti sarebbe andato altrove. Quella stanza da cui lo zio non riusciva a uscire. Ma non perché era diventato troppo grosso. È che la stanza era piena di roba accumulata negli anni. Rosei carapaci di granchi svuotati. Ma anche scatole, tante scatole, spesso vuote, a cui lo zio teneva molto e da cui non desiderava allontanarsi perché sosteneva che contenevano dei ricordi. Ce ne erano montagne e rendevano difficoltosa l'uscita, per motivi fisici e sentimentali. Giovanni faceva compagnia allo zio e si sentiva così strano, così impalpabile, che a volte controllava dentro i propri vestiti per essere sicuro che il suo corpo proseguisse anche lì. E poi non riusciva a parlare, come negli incubi. Provava a toccare lo zio per sbloccare la situazione ma non riusciva a raggiungerlo.

«Hai bisogno di chinino» sorrise il maestro, tirando fuori una nuova boccetta.

All'inizio, quando Giovanni era entrato nella malattia, lo stregone gli aveva assicurato che non si trattava di malaria. Ora gli diceva che avrebbe avuto bisogno di chinino, cioè la cura per la malaria.

Gli spiegò che, quando stava davvero male, aveva bisogno di non pensare alla malaria. Ora che stava guarendo poteva anche pensarci. Gli dette qualche goccia di chinino, ma aveva tutt'altro sapore. Chissà cos'era.

«Fai bene a incontrare gli antenati. Ma non vorrai rimanere bloccato là dentro, ora devi uscire. Modifica il tuo sogno. Niente è separato da te» gli disse il maestro.

Diavolo di un sant'uomo! Ne conosceva di trucchi per liberare le anime.

Quando Giovanni si addormentò, sognò, o credette di sognare, che gli cascava la pelle, come succede ai serpenti, dopo di che se ne usciva tranquillo e beato dalla camera dello zio.

Qualsiasi cosa fosse, sogno, pensiero, desiderio o impostura, il digiunatore accettò la visione e il giorno dopo si alzò, pronto a uscire dalla malattia.

La forza

Era guarito. Si sentiva bene. «Siamo guariti» disse complimentandosi con i suoi organi interni, il dito rotto e sé stesso. Ma nei rapporti con noi stessi abbiamo bisogno degli altri. Così quando disse: «Ricomincio a mangiare» lo stregone lo scrutò con particolare interesse. Vide qualcosa in lui che Giovanni non sapeva esistesse.

«Non sei poi deperito molto» osservò toccandogli un braccio. Uscì dalla tenda e dopo qualche minuto rientrò accompagnato da un ragazzo robusto che depose a terra una grossa pietra. «Prova a sollevarla. Ma fai attenzione» gli disse.

Giovanni la sollevò senza difficoltà.

«Forse sei quel tipo d'uomo» fece lo stregone assorto. Di cosa stava parlando? «Aspetta ancora un giorno, prima di mangiare». Giovanni non capiva il motivo di questa richiesta: se era guarito perché doveva continuare il digiuno? Eppure volle ascoltarlo, perché aveva la sensazione rarissima di aver trovato uno spirito affine.

Continuò il digiuno. Quella notte il villaggio era pieno di mormorii. Lì usava così. I problemi di coppia andavano risolti tra il tramonto e l'alba. Se sorgeva un problema non andava discusso subito, perché altrimenti poteva prevalere la rabbia o altri sentimenti negativi. Al tempo stesso, però, la discussione non doveva prolungarsi: più spieghi e peggio è. Così andavano a dormire, si svegliavano verso le quattro del mattino e risolvevano la cosa, in un modo o nell'altro. Evidentemente era un villaggio pieno di problemi di coppia e succedeva spesso che si svegliassero per risolvere, magari tutte le notti, secondo l'opinione di Giovanni. Ma quella notte i suoi sensi erano talmente potenziati che sentiva il mormorio delle persone che discutevano.

Il giorno dopo uscì, la luce era ovunque, un mare fluttuante. Lui, invece di essere debolissimo, come ci si aspetterebbe da un uomo dopo un digiuno prolungato, avvertiva una forza mai sentita. Da dove gli veniva questa energia? Il maestro lo mise in pose strane che moltiplicarono questa sensazione. Gli fece fare balzi, flessioni, qualche prova di lotta.

«Ora che devo fare?» chiese Giovanni a fine giornata, pervaso da un sentimento di onnipotenza. Avvertiva dentro di sé lo spirito del leone. Era pronto a un esercizio difficile.

«Io consiglio la felicità» disse il maestro. Aveva una voce bellissima.

Intanto

Cullato da sensazioni di potenza e dolcezza, decise di prolungare il digiuno a tempo indeterminato. Non si limitava a digiunare nella realtà. Voleva essere padrone di sé stesso nelle altre dimensioni. Tratteneva il respiro, frenava i battiti del cuore, scivolava in uno stato di torpore, si addormentava. Sognava di non mangiare e questi sogni lo visitavano con intensità, generando un piacere che superava le barriere corporee. Una specie di fantasma composto di benessere si staccava da lui e andava in giro nel mondo.

È un fatto che, come obbedendo a un segnale superiore, in Europa e in America i digiunatori si moltiplicavano. In Asia e in Africa c'erano sempre stati. Ma nel mondo occidentale dilagò la moda, figlia del progresso. Iniziarono a farsi pagare. La gente amava ammirarli mentre non facevano niente di interessante. Intere comunità si deliziavano alla vista dell'uomo che non mangia. Commentavano, analizzavano. Tutti improvvisamente esperti di digiuno volontario. La creazione istantanea di migliaia di esperti privi di esperienza è uno dei miracoli del mondo moderno. Circa il digiuno involontario, c'erano ancora in circolazione molti esperti di vecchia data e per esperienza personale, affamati dalla povertà nonostante il progresso, ma quelli parlavano poco. C'era chi credeva fermamente nel digiunatore, chi invece cercava l'imbroglio. Quelli che vedevano l'imbroglio si sapevano furbi, gli altri si credevano veri.

In una prima fase, diciamo artigianale, del fenomeno dei digiunatori, gli spettatori erano anche i sorveglianti. Le persone si davano il cambio per controllare che il digiunatore restasse tale. All'inizio furono digiunatori erranti, paragonabili ai forzuti dei baracconi che avevano allietato l'infanzia del Succi. Scheletri dagli occhi di fuoco, si chiudevano in una gabbia. Terminato il digiuno ricevevano un magro compenso: un brodino, un tozzo di pane con una lumaca bollita. Ma il mondo stava cambiando. Alcuni di loro abbandonarono l'umile esistenza del digiunatore da fiera di paese, approdarono nelle grandi città e diventarono star, ricevendo compensi altissimi.

Il passaggio epocale dal mondo dei giocolieri ambulanti a quello del business internazionale può essere colto nelle figura di Henry S. Tanner. Il dottor Tanner (1831-1919) era un accademico che gestiva con la moglie uno stabilimento di bagni elettrotermali, e già questo lo allontana dal digiunatore medio. I colleghi accademici presero le distanze da lui, ma fu soprattutto lui a prendere le distanze da loro, in termini di guadagni. Nel 1880 al Clarendon Hill di New York digiunò per quaranta giorni. Tra migliaia di spettatori paganti, pubblicità, gadget e scommesse, il dottor Tanner guadagnò circa 137.000 dollari. Se poi pensiamo agli inviti successivi, le tournée, i contratti, le scommesse, le commissioni di controllo, arriviamo a un giro di affari enorme. Con questi compensi Tanner cercava di combattere il materialismo. Praticava l'omeopatia e intendeva curare l'umanità attraverso il digiuno. Lo scetticismo di molti non faceva che alimentare il suo successo. Sosteneva che, con la forza di volontà, si poteva assorbire ossigeno ed elettricità dall'atmosfera, e in questo modo tirare avanti alla grande. Insegnò a molte persone, alcune morirono.

Immerso nel suo digiuno africano, Giovanni Succi non sapeva niente di Tanner. Ma, più tardi, concluse di essere entrato in contatto con lo spirito del dottore, grazie ai sogni innescati dal digiuno. Se fosse vero, vorrebbe dire che Succi avrebbe ispirato Tanner, riuscendo nell'impresa, mai riuscita prima, di precedere il proprio predecessore.

La bontà

Arrivato in Africa, Giovanni, nel 1880, aveva fondato
un'agenzia commerciale patrocinata dalla Società Italiana
di Commercio. Era partito «annoiato dai dispiaceri
e dalle miserie del caos europeo», con grandi ambizioni
economiche. Non era stato un successo. Il digiuno lo sottraeva
al fallimento, perché non era un'attività, ma una
dimensione. Aveva trovato la sua strada, doveva percorrerla.
Aveva appena preso questa decisione quando arrivò
lo stregone, fece entrare la luce nella capanna e disse:
«Ora è meglio se mangi».

Quell'uomo gli leggeva nel pensiero modificandone
il testo. Poche ore dopo, dal viottolino che portava alla
capanna del suo eremitaggio, arrivò una comitiva piena
di musica. Il villaggio festeggiava la fine del digiuno. In
testa al piccolo corteo c'era quella che lui chiamava Teresa,
perché gli ricordava una donna presumibilmente
ostile di Cesenatico Ponente. Portava un vassoio pieno
di qualcosa.

Giovanni sentì la voce della nonna nella sua testa.
«Arriva Teresa. Ma guardala che arie si dà».

Teresa non aveva intenzioni ostili. Portava del cibo per
festeggiare la fine del digiuno di Giovanni. Era un modo

di accoglierlo nella comunità. La Teresa vera, quella di Cesenatico Ponente, non l'avrebbe fatto.

Sul vassoio c'erano delle piccole banane fritte, o qualcosa che ci assomigliava. Giovanni quasi svenne per il piacere. Non aveva mai sentito un profumo così buono. Lo stregone lo mise in guardia. Doveva mangiarne un pezzettino e basta o sarebbe stato male. Non poteva abbuffarsi dopo un digiuno del genere. La ripresa dell'alimentazione doveva essere graduale. Quel cibo era un simbolo.

Giovanni lo assaggiò.

«Buono» disse, e mentre lo diceva sentì di essere *dentro* quella parola. «Buono» era anche la parola pronunciata da sua nonna prima di morire, quando all'ospedale aveva mandato giù una cucchiaiata di un cibo che i più avrebbero trovato cattivo. C'era un'apertura alla vita, in quel «buono» pronunciato da sua nonna prima di morire, che ora emergeva con tutta chiarezza alla coscienza di Giovanni. Che bella parola.

«Buono» ripeté, e prima che qualcuno potesse fermarlo aveva spolverato il vassoio. Giovanni era un mangiatore di simboli.

Il suo corpo non ne risentì in alcun modo, lo stregone era stupefatto. La delicata fase in cui un digiunatore qualsiasi ricomincia a mangiare nel suo caso non era affatto delicata. Lui mangiava e basta. Lo stomaco emerse dal letargo come nulla fosse. Tutti gli organi ballavano e cantavano con grande intesa reciproca. Nei giorni successivi, il mondo diventò un paradiso di profumi. Le donne del villaggio gli portavano il cibo e Giovanni appena lo assaggiava veniva attraversato da fiammate di piacere: sentiva in ogni boccone una bontà sovrumana.

Nello stesso periodo in Italia a Luigi Capuana, scrittore verista, capitava qualcosa di sorprendente. Si era sempre interessato alla realtà quando improvvisamente fu visitato da storie fantastiche. In particolare una: quella di una padellina magica che cucina piatti dal profumo e dal sapore deliziosi, «che avrebbero resuscitato un morto». Una persona suggestionabile potrebbe mettere in relazione le due cose: la scoperta della bontà da parte di Giovanni Succi con il racconto di Capuana. D'altra parte la storia di Giovanni Succi è anche una storia di suggestione («Il Succi suggestionò sé medesimo» scriverà Cesare Lombroso commentando un digiuno parigino).

La cosa importante è che grazie al digiuno Giovanni Succi conobbe la bontà sovrumana. Questa esperienza fu così sconvolgente che cercò di replicarla per tutta la vita.

Il Succi nero

Durante il digiuno, Giovanni riceveva la visita di una donna bellissima e da questi incontri sarebbe nato un figlio. C'è chi ha visto in questo racconto una fantasia, una manifestazione della mentalità coloniale. Al Succi la fantasia non mancava. Tuttavia non aveva niente del padrone. Visse in epoca di colonizzazione, ma rimase sempre un uomo pacifico. In nessun momento parlò di trionfo della civiltà sulla barbarie. La sua megalomania lo rese umano. Era così preso da sé stesso che le civiltà non lo interessavano. Sull'Europa aveva delle riserve e attribuiva al soggiorno africano le sue virtù. Ripeteva che in quei giorni era sceso in lui lo spirito del leone, che lo rendeva invulnerabile.

Doveva trattarsi di un leone voglioso. L'incremento della libido è la parte sicuramente vera nel racconto della visitatrice notturna. I digiuni amplificavano in lui il desiderio sessuale. Entrava in uno stato di eccitazione prolungata che si placava solo al termine del digiuno. Questa condizione di estasi sarebbe il motivo del suo entusiasmo. L'impulso sessuale finiva per pervadere ogni suo gesto.

C'è chi sostiene che Succi, nella pratica concreta, a volte preferisse gli uomini. La cartolina che nel 1879 mandò dall'Africa al suo amico Luca (quello con cui da ragazzo si esercitava a diventare saltimbanco) ritrae due aitanti giovani locali. Non saremo noi a limitare gli appetiti del Succi. Che erano irregimentati ma enormi. Di solito i digiunatori registravano un calo del desiderio durante la performance. La moglie del dottor Tanner, donna scientifica, testimoniò a riguardo. Del resto, è noto: l'eremita classico digiuna per punire il corpo e dominarlo con l'anima. Ma il corpo e l'anima del Succi raggiunsero una grande complicità: di comune accordo, trascuravano la tradizione punitiva del digiuno e facevano l'opposto di ciò che ti aspetteresti da loro.

Il canale di Suez

Gli sembrava di essere da un'altra parte. Questo era il segno che era il momento di ripartire. Lo stregone lo portò in un posto che Giovanni non sapeva esistesse. Prima videro le colonne di fumo, poi arrivarono a una cava. Quasi tutti gli uomini giovani erano lì, ecco perché al villaggio ne aveva visti pochi. Spaccavano pietre per costruire qualcosa, forse una strada. Fuochi ovunque, per indebolire le pietre. Sembrava l'inferno: l'inferno è una grande cava, da cui si prende il materiale per costruire chissà cosa. Quando Giovanni raccontava la scena, non spiegava per chi lavorassero quegli uomini. Forse il Belgio. Preferiva soffermarsi sullo spettacolo grandioso e terribile. Il caldo, i fuochi ovunque, gli uomini al lavoro come schiavi. Giovanni inalava il fumo che lo stordiva.

«Perché mi hai portato qui?» chiese allo stregone.

«Non sai neanche questo?»

Guardando le incisioni nella parete della cava riconobbe le strane lettere viste su una ruota di legno molto tempo prima. Se uno si impegna vede messaggi ovunque. Sempre meglio che non vederne da nessuna parte.

Per andare via dal villaggio gli fecero imboccare una scorciatoia che non passava dalla radura dei bufali. C'era una gabbia sospesa sopra un fiume, lui la muoveva tirando una fune. Era bello esibirsi, lassù, come gli uomini prodigiosi del Paradiso Terrestre. Non che tirare la fune fosse difficile, ma è il modo che conta: lui riuscì a farlo in modo commovente. Il profumo delle piante riscaldate dal sole lo riempiva di forza. In quella gabbia, sospeso su un fiume agitato pieno di rocce affioranti, si sentiva protetto. L'addio al villaggio fu così intenso che, da quel momento, Giovanni provò sempre uno strano piacere a stare chiuso in una gabbia mentre gli altri lo guardavano.

Stava tornando in Italia, non sapeva bene perché. «Non stare con le mani in mano» disse la nonna nella sua testa. Giovanni avrebbe preferito una maggiore precisione da parte sua. Cosa avrebbe fatto una volta tornato? La sua invidiabile capacità di illudersi non riusciva a nascondergli che le sue imprese commerciali si erano rivelate un fallimento. Non aveva una lira. Era confuso. L'Europa ancora di più, dalle notizie che gli arrivavano. L'Africa per quanto spaziosa non bastava a dissipare i suoi dubbi. Ma l'Africa era quasi finita (Giovanni stava per arrivare al Mediterraneo) quando ebbe una di quelle visioni grandiose di cui aveva bisogno. Vide per la prima volta il canale di Suez.

Era cresciuto giocando sui bordi di un canale, a Cesenatico Ponente. Ma quello era un gioco più grosso. Centinaia di chilometri di terraferma trasformati in mare dalla mano dell'uomo. Il contrario di quello che aveva fatto Dio quando aveva fatto ritirare il Mar Rosso, trasformandolo in terra. Il canale era attivo dal 1869. Giovanni decise che doveva creare il SUO canale di Suez: un canale di collegamento tra i suoi sogni infantili e l'età adulta. Che poi, nel suo caso, voleva dire tra sé e gli altri. Doveva trovare il modo di donare agli altri quello che aveva imparato: trasmettere lo spirito del leone, insegnare la capacità di diventare invincibili digiunando. Il canale di Suez si fuse nella sua mente all'immagine degli schiavi nella cava fumante. Rivelando il suo potente segreto, avrebbe liberato gli schiavi di tutto il mondo. Ecco perché lo stregone lo aveva portato fin là. Sbocciò in lui lo spirito socialista.

Sbarcato in Italia, gli fu chiaro il suo destino di gloria: avrebbe liberato le masse mondiali affamate affamandole ancora di più, portandole oltre il corpo e verso l'immortalità. Sentì dentro di sé una bontà sovrumana. Il sapore della sua vita.

Gli spiriti dei vivi

Dall'Africa all'Italia il salto fu grosso: la distanza tra i due mondi era aumentata. Gli Appennini vibravano, per la deriva dei continenti. Tornando in patria dopo la sua lunga assenza, Giovanni Succi trovò un habitat esotico. Gli indigeni conducevano vite strane, interessanti. Pittoreschi e infelici, avevano paura della vita. Lui era una specie di missionario. Con la sua pozione e quello che aveva imparato, avrebbe salvato tutti. Però non fu il trionfo che pensava. Nessuno sentiva il bisogno di essere salvato.

Andò a Roma. Avrebbe potuto passare da Cesenatico Ponente. O perlomeno da Forlì, dove era attivo un importante centro spiritista. Giovanni si sentiva spiritista perché era entrato in lui lo spirito del leone. Più spiritista di così.

Insomma... tecnicamente non aveva idea di cosa fosse uno spiritista. Ma se lo immaginava. Gli bastava la parola: spiritista. Come suonava bene. La rigirava dentro di sé e sorrideva. Megalomane come sempre, sia detto con ammirazione, puntò direttamente sugli spiritisti romani, che gli sembravano i più importanti.

Lo spiritismo era in voga. La moda era partita dall'Europa ma si era rafforzata in America, dove le sorelle Fox comunicavano con i morti. L'America aveva spiriti recenti. Mondo Nuovo, spiriti nuovi. Forse per questo comunicavano di più: erano fantasmi giovani, o così si sentivano. Spiriti immaturi, ma scattanti. Gli unici spiriti saggi erano probabilmente quelli dei nativi, ma di loro non si parlava perché se ne stavano in disparte, disgustati.

Gli americani pensarono di aver inventato gli spiriti e rimandarono la moda in Europa, con intensità raddoppiata.

Gli spiritisti romani accolsero Giovanni Succi con interesse. Si definiva esploratore e scrittore: non aveva mai scritto niente solo perché non ne aveva avuto il tempo. Lo invitarono a raccontare le proprie esperienze extracorporee in una delle loro sedi fisiche.

In America lo spiritismo era un fenomeno legato agli ambienti progressisti, almeno all'inizio. Gli spiriti americani erano a favore dei diritti delle donne e degli oppressi, purché bianchi come lenzuoli. Ma a Roma forse no: le scale che si ritrovò a salire Giovanni Succi sembravano fatte apposta per suggerire una certa deferenza sociale. Lui avrebbe dovuto essere intimorito, ma la sua incredibile faccia tosta registrava solo i concetti essenziali: scale, servono per salire. Era questa la sua grandezza. E saliva a grandi balzi. Già vederlo arrivare così, col suo vigore da orango, turbò gli spiritisti, che ostentavano una certa debolezza muscolare. Compensata, semmai, da energia nervosa. La sede era nel palazzo nobiliare di una coppia, marito e moglie. Oltre a loro, c'era un bel gruppo di associati ad aspettare Giovanni Succi. Lo fecero accomodare in un salotto e lo interrogarono. Furono gentili, il loro interesse era sincero. Gli chiesero dei suoi contatti con i morti e lui si sentì spaesato. Non aveva mai messo a fuoco il concetto. Durante il digiuno era uscito dal proprio corpo, ma era rimasto vivo. Era uno spiritista che non aveva mai pensato ai morti. Per lui lo spirito poteva essere di un morto come di un vivo. Sicuramente, il leone che era entrato in lui non era un leone morto.

Quelli insistevano. Lui pensò: perché sono fissati con i morti?

Loro pensarono: perché è fissato con i vivi?

Lo guardarono con sospetto. Perché era così aitante? Con quei baffoni a manubrio. Non andava bene. Loro si erano immaginati uno scheletro sussurrante. E poi fissava una donna con un interesse che non poteva permettersi. E soprattutto: se durante i suoi digiuni non comunicava con i morti a che serviva? Il fatto che fosse sincero lo fece apparire come un truffatore. Anche questo suo parlare di spiriti animali non confermava le loro idee. Avevano una visione gerarchica e conservatrice del mondo, per loro gli animali erano inferiori agli uomini. E certi uomini erano inferiori a certi altri.

Giovanni Succi cercava di fare capire che per lui era diverso. Ma si esprimeva stranamente. Questa è una questione che meriterebbe uno studio a parte. Il linguaggio di Giovanni Succi. Quando era all'estero mescolava varie lingue, parole non identificate, il linguaggio dei baracconi erranti e il dialetto romagnolo. Ora che era in Italia aveva recuperato la lingua locale, ma questa mescolanza rimaneva, perché era legata al suo modo di pensare. Il modo di esprimersi di Giovanni Succi poteva far ridere ma aveva il pregio di funzionare ovunque. Aveva ideato o ereditato un linguaggio universale. Ma in quella casa elegante stonava. Si supponeva che una persona in contatto con spiriti di classe dovesse parlare diversamente. Non capivano che era un linguaggio universale, o forse la vera universalità non gli andava bene. Preferivano capirsi tra loro. Per capirsi meglio cominciarono a fare sorrisini e storcere il naso. Era la sua fine. O meglio lo sarebbe stata, se non si fosse verificato il miracolo.

I padroni di casa fecero un cenno che voleva dire che gli altri dovevano aspettare, avere pazienza. Marito e moglie erano due esseri quasi ultraterreni. Intuivano che non è necessario disturbare i morti per contattare gli spiriti. Eleganti, pacati, ricchi, erano gli incontrastati sovrani di quel mondo, il loro giudizio era inappellabile.

Giovanni si guardò intorno e vide che non solo i padroni di casa erano spiriti, ma anche i bicchieri, anche gli arazzi, anche i quadri, anche i divani erano spiriti. Perfino il cucchiaino d'argento. Tutti di un certo livello. Capì che il suo linguaggio non andava bene e si sforzò di parlare un italiano corretto.

«Durante i digiuni mi nutro di me stesso e divento più forte» disse, un po' in posa. Questo concetto risvegliò l'interesse dei presenti, che si ripromisero di porgli altre domande durante il digiuno che avrebbe intrapreso di lì a poco in un ristorante della capitale, come attrazione per i clienti.

Nel ristorante

Il leone è il re della foresta, era entrato in lui lo spirito del leone: dunque Giovanni era il re degli spiritisti. Si aspettava da loro un riconoscimento morale e un aiuto economico. Non ebbe né l'uno né l'altro, soprattutto non ebbe l'altro. Gli spiritisti romani erano lontani dai problemi materiali. Anche Giovanni era lontano dai problemi materiali. Furono i problemi materiali ad avvicinarsi a lui. Stava finendo i soldi e trovò lavoro nel ristorante di un albergo. Chiuso in una gabbia, su una pedana rialzata, digiunava mentre tutti mangiavano.

L'idea era che guardare il suo digiuno mettesse appetito. In quel periodo non erano rare trovate del genere, per attirare clienti. Un ristorante nello stesso quartiere vantava un domatore con un gorilla, si esibivano nel cortile. Giovanni si ritrovò così a competere con questo domatore con gorilla. Ma non pensava a loro. I suoi scopi erano elevati, il fine della sua vita non era attirare i clienti in un ristorante, bensì innalzare l'umanità a un livello superiore. Tuttavia si esibiva volentieri. Aveva l'esibizionismo del profeta. Inoltre quel lavoro gli permetteva di digiunare prima e di mangiare poi. Cominciarono a circolare storielle sul Succi che per mangiar digiuna. Senza il lavoro di digiunatore rischiava di digiunare ancora di più.

Appena cominciò il suo primo digiuno-spettacolo si sentì meglio. Trasformava la sofferenza in esplorazione delle proprie sensazioni.

Da ragazzo andava a pescare. Prendeva la barchetta del nonno e puntava al largo. Appena si staccava da terra entrava in qualcosa. Non è che usciva, come dicevano gli altri. «Esco in mare» dicevano. Rientrava. In che cosa? Non avrebbe saputo dirlo. Raggiungeva uno scoglio lontano e pescava da lì. La sensazione di *rientrare* era chiara, forte.

Quando cominciò il digiuno nell'albergo ristorante *L'Angolino* provò la stessa sensazione. Quella di staccarsi da terra e rientrare in qualcosa. Anche solo per questo, ne sarebbe valsa la pena. La stessa sensazione: come se il tempo non fosse passato. Forse era questo che intendeva lo stregone quando diceva che avrebbe trionfato sul tempo. Tra stare solo in mezzo al mare e stare in una sala da pranzo piena di gente la differenza è grande. Ma quella gabbia per lui era una specie di scoglio. Si sentiva un esploratore alla ricerca di un tesoro.

Non prendeva cibo di nascosto. Beveva il suo magico elisir all'inizio del periodo di digiuno. Poi basta. Solo acqua. Non voleva imbrogliare nessuno. Nonostante questo, il successo non arrivava. Il numero dei clienti del ristorante era più o meno lo stesso. Lo guardavano con interesse svogliato. La cosa era deprimente, peggio che se gli avessero dato del ciarlatano.

Imparò l'importanza del pubblico, un dettaglio a cui non aveva mai pensato.

Dopo qualche giorno si verificò un mutamento nei camerieri. Passavano sempre più vicini alla gabbia, quando portavano i piatti ai clienti. Così vicino che Giovanni con una certa destrezza avrebbe potuto afferrare qualcosa. La gente cominciò a dubitare. «L'ho visto prendere una foglia di insalata». «Aveva in mano un pezzo di carne». «È velocissimo».

Giovanni era costernato.

Alcuni camerieri facevano parte del comitato di sorveglianza, cioè un gruppo di persone che si davano il turno per controllare che non mangiasse. La sorveglianza era attiva anche nelle ore notturne.

«Quel cameriere gli ha sorriso. Vedi come sono amici?» dicevano gli scettici. «Se gli passano così vicino ora che ci siamo noi, chissà quanta roba gli portano la notte» dicevano. «Lo vedi come è florido?» dicevano.

Il fatto che fossero amici era vero. I camerieri lo adoravano. Giovanni Succi sapeva farsi amare perché era un megalomane buono, pieno di fiducia, entusiasta. La sua presenza era preferibile a quella di tanti altruisti sofferenti.

Implorò i suoi amici di passargli lontano. E di uscire dal comitato di sorveglianza: era meglio che ci fossero solo estranei a sorvegliarlo, soprattutto la notte. Il capocameriere, un tipo impettito e ironico, gli disse che non potevano: era lo stesso proprietario del ristorante che gli aveva chiesto di passargli vicino il più possibile.

L'entusiasmo e la fiducia, che in lui erano sempre stati grandi, si rivelarono anche veloci: svanirono. Dunque il proprietario del ristorante non ne poteva più di lui e cercava una scusa per cacciarlo. Aveva toccato il fondo.

Una lezione

Venne la notizia che un ristorante del quartiere esibiva un bambino con due teste. Funzionava così: le attrazioni erano spesso inquietanti. Repulsione attraente. Era un mondo diverso dal nostro. Oppure no?

Troppa concorrenza. Il mio lavoro all'*Angolino* è finito, pensò Giovanni.

Il giorno dopo un cameriere sfiorò la gabbia e un cliente strillò: «Il digiunatore si è leccato la manica, si è leccato la manica, l'ho visto. C'è del sugo sulla manica».

Era eccitatissimo per la scoperta, si sentiva protagonista. Un omino dall'aria precisa, trasfigurato dal suo momento di grandezza. Uomo maledetto, portava la rovina.

Il padrone del ristorante si avvicinò severo alla gabbia con l'aria di controllare il misfatto e disse piano a Giovanni: «Continua così». Era un modo sarcastico per licenziarlo?

Fu allora che successe qualcosa di molto strano. Sempre più gente veniva al ristorante. Non saranno certo qui per me, pensò Giovanni. Invece erano lì per lui.

Il tipo preciso e isterico che aveva strillato a proposito del sugo sulla manica tornava tutti i giorni con altra gente. Spendeva tantissimo per dimostrare che a lui non lo truffava nessuno. Uomo benedetto, portava la salvezza.

Complice il cattivo tempo, le persone si moltiplicarono. I tavoli più vicini alla gabbia spendevano di più. C'era gente che non mangiava neanche, al massimo un bicchier d'acqua, pagava solo per vederlo e per fare come lui, sia pure per poco tempo.

«Ha funzionato» disse il padrone una notte.

Non intendeva licenziarlo. Anzi. E se aveva instillato nel pubblico il sospetto, lo aveva fatto per il suo bene. Grande stratega.

Si dice che la gente voglia certezze. Il padrone era più sofisticato. Spiegò a Giovanni il valore del dubbio. «La gente vuole discutere. Più dubbi gli dai e più sono contenti. Così si sentono furbi».

In realtà, in quel clima di dubbio ognuno aveva la sua certezza personale. Ci si aggrappavano a occhi chiusi, alla loro certezza personale, e intanto dicevano agli altri di aprire gli occhi. Ma non stiamo a sottilizzare. L'importante è che tutti discutevano. Se fossero stati d'accordo non ci sarebbe stato divertimento. Chi sosteneva che Giovanni era un digiunatore rigoroso, chi che era un imbroglione che si leccava le maniche e i baffi (aveva infatti dei grossi baffoni, chi poteva escludere che nascondessero particelle di cibo?). Litigavano. Nacque perfino un giro di scommesse.

Grazie al fatto che alcuni lo credevano un imbroglione, il suo successo fu enorme. Il padrone del ristorante era un uomo di saggezza millenaria, che sgorgava dalle viscere della città di Roma. Giovanni Succi non dimenticò mai la sua lezione.

L'isterica

Quando gli chiedevano aneddoti sui cannibali non sapeva che dire. In quanto esploratore africano *doveva* avere aneddoti sui cannibali, altrimenti cosa aveva esplorato a fare? Perfino gli spiritisti che venivano a fargli visita gli chiedevano dei cannibali. Lui non riusciva a inventare storie in cui non credesse. Armeggiava con la boccetta dell'elisir. La tirava fuori, la guardava furtivo, la rimetteva in tasca. Si trattava di un trucco che gli aveva insegnato il padrone, per aumentare la suspense. Giovanni Succi non si sarebbe mai sognato di prendere delle gocce in più rispetto a quelle iniziali previste dal contratto che aveva firmato all'inizio del digiuno. Ma in questo modo spostava l'attenzione.

Una sera una donnona gli pose l'ennesima domanda sui cannibali. A giudicare dalla mole, poteva aver mangiato diverse persone. Succi era tutto preso a inalare i profumi della cena altrui, sosteneva di potersi nutrire con i profumi, e non fu pronto come le altre volte a dirottare l'attenzione giocando con la bottiglietta. Stavolta avrebbe voluto rispondere bene a proposito dei cannibali e chiese aiuto allo stregone nella sua testa. Niente, lo stregone si rifiutò di rispondere. Forse allora non era davvero nella sua testa, altrimenti non si sarebbe rifiutato. Succi disse: «L'unico cannibale che conosco è il vampiro della bergamasca». Si trattava di un caso di cronaca: Vincenzo Verzeni sette anni prima era stato arrestato per aver addentato a morte diverse donne. Il riferimento nazionale non piacque. La risposta fece scalpore e alcuni clienti non vennero più, perché volevano sentir parlare del trionfo della civiltà sulla barbarie e non erano interessati alla civiltà che mangia sé stessa. Ma Giovanni non poteva perdonare le persone che deludeva. Si sentiva diverso da chiunque ma avrebbe voluto essere apprezzato da tutti. Per qualche giorno fu di cattivo umore, cosa che succedeva raramente.

Si sentì riavere quando arrivò una donna che aveva già visto nel palazzo degli spiritisti. Una giovane vedova, nipote dei vecchi ultraterreni. Dicevano che era isterica. Giovanni non sapeva cosa fosse un'isterica, ma gli piaceva la parola. Ginevra era tra le poche persone a non chiedergli dei cannibali, o di metterla in contatto con qualche defunto, di partecipare alle sedute spiritiche, o di fare esperimenti di telepatia. Queste richieste possono apparire strane oggi ma erano di moda in quel periodo. Chissà cosa penseranno gli uomini futuri delle richieste che noi facciamo agli altri e a noi stessi.

Ginevra entrò nel comitato di sorveglianza e faceva anche qualche turno notturno. Dormiva poco. Invece Giovanni Succi, a differenza dei digiunatori ordinari, non aveva problemi di sonno. Certe notti si svegliava e oltre le sbarre vedeva lei che lo fissava, aveva uno sguardo allucinato e intenso. In quei momenti sembrava una grande seppia sospesa a mezz'acqua, era incantevole. C'erano in lei sofferenza e forza, Giovanni queste cose le captava. Ogni tanto Ginevra si irrigidiva. Le si bloccava un braccio, o il collo. Era del tutto assente. Quasi non respirava. Se qualcuno le parlava lei non rispondeva. Una volta, era pomeriggio, la donna ebbe uno dei suoi attacchi e le si irrigidirono gli occhi, sembrava cieca. La gente si spaventò. Giovanni, così d'istinto, le parlò in quel suo linguaggio che mescolava lingue diverse e lei rispose: capiva benissimo. Questo secondo il racconto del digiunatore. Stando a lui, tutte le persone che apprezzava capivano il suo linguaggio. Potremmo anche invertire l'ordine dei fattori: lui apprezzava coloro che sostenevano di capire il suo linguaggio. Dopo che ebbero parlato in quel modo Ginevra perse la rigidità, ridivenne soffice, riprese a vedere e insomma tornò normale, come se niente fosse. E cominciò tra loro una dolce intesa.

Parlavano. Si capivano. Quando si intrometteva qualcuno con un discorso inappropriato (per esempio chiedendo dei cannibali) Ginevra proprio non lo vedeva. Riusciva a essere cieca di fronte a ciò che non desiderava vedere. E a spostare il discorso sul piano che preferiva, anche in un'altra dimensione. Per esempio: lui raccontava per l'ennesima volta di quando digiunava nella capanna africana e delle visite della donna da cui avrebbe avuto un figlio. Ginevra diceva: «Sono io quella donna». «Ma era africana». «Io sono africana» rispondeva lei, che aveva una carnagione laziale. Qualsiasi cosa volesse dire, Giovanni era d'accordo. C'era un sotterraneo umorismo nei discorsi di Ginevra, anche se la sua faccia rimaneva seria. Spesso la loro lingua misteriosa era solo una lingua sgrammaticata, con qualche parola straniera. C'erano poi dei momenti, raccontarono i testimoni, in cui lei parlava nella loro lingua misteriosa e lui non capiva niente ma faceva finta. In questi momenti la loro intesa raggiungeva un livello superiore.

Telepatia

Al quindicesimo giorno di digiuno Giovanni annunciò che avrebbe fatto degli esperimenti di telepatia con Ginevra. La dichiarazione ebbe una certa risonanza perché in precedenza si era sempre rifiutato. Lui obiettò che aspettava il soggetto adatto. E poi il digiuno, oltre ad aumentare la forza fisica e il desiderio sessuale, accresceva la potenza telepatica progressivamente, non di colpo. Per cui aveva aspettato il momento giusto.

Si misero lì, uno di fronte all'altra, in silenzio. Lui la fissava. Lei si concentrò. All'inizio niente. Poi, di colpo, i pensieri di Giovanni le arrivarono chiari e dettagliati. Ma non erano i pensieri soprannaturali che si era aspettata. Riguardavano il corpo fisico. Anzi, i loro due corpi. Era troppo. Così si alzò di scatto e abbandonò la seduta. Poi tornò, non voleva mancare al suo turno di sorveglianza, e provò altri contatti telepatici. Sempre la stessa storia: il contatto telepatico funzionava toppo bene e la coinvolgeva in una tempesta di sensazioni. Allora per qualche giorno Ginevra restò a casa, avendo trovato un sostituto per i turni di sorveglianza. Ma anche lì il contatto telepatico la raggiungeva con una chiarezza piacevole e scandalosa. Confidò a un'amica che si sentiva «perseguitata» da questa forma di telepatia. Era un modo di dire, non intendeva accusare Giovanni Succi. Era, forse, una manifestazione di quell'umorismo serio che la caratterizzava. Ma l'amica divulgò la confidenza e più tardi questa espressione, l'idea che Succi perseguitasse le donne telepaticamente, fu usata contro il digiunatore da gente senza umorismo, quando la situazione precipitò nella serietà, fino al manicomio. Il fatto che la parola «perseguitata» non sia da prendere alla lettera (ricordiamoci che Ginevra usava le parole stranamente) è dimostrato anche dal fatto che la giovane vedova tornò al ristorante. Una notte cercò perfino di entrare nella gabbia, perché voleva riuscire a vivere come lui.

Erano diversi giorni che Ginevra chiedeva di provare l'elisir. Giovanni rifiutava e lei continuava a chiedere perché. «L'elisir non è la cosa più importante» si lasciò scappare lui alla fine, ma tanto nessuno voleva ascoltare una verità del genere.

Lei lo implorò.

«Per te sarebbe un veleno» disse Giovanni. «Se il corpo non è pronto l'elisir può uccidere».

Ginevra sosteneva che il suo corpo era pronto e si avvicinò alla gabbia. Ma come toccò le sbarre fu presa da fitte improvvise al braccio e al collo. Si dovette sedere sulla pedana, non riusciva a respirare. Era rigida, sul punto di frantumarsi.

«Seguila» disse la voce dello stregone. E Giovanni la seguì nel suo mondo. Fece una di quelle cose straordinarie che gli permettevano di comunicare con gli altri nei momenti difficili. Si irrigidì anche lui. I muscoli del collo e del braccio si bloccarono, così da formare un'immagine speculare a quella di lei. Restarono immobili per qualche minuto, pietrificati e sofferenti. C'era un ponte invisibile che li univa. Poi, però, un'onda percorse il digiunatore. Ora non era più pietrificato, anzi. La sua pelle si muoveva come la superficie del mare, mossa da una brezza che veniva da chissà dove. Un'onda analoga percorse il corpo di Ginevra. Si contorsero insieme, a poca distanza l'uno dall'altro. Poi l'onda sparì e loro stavano benissimo. Morbidi e disciolti in un oceano a due voci. Ginevra era guarita.

La ricompensa

Ci sono giorni in cui la tua vita cambia e ti si ritorce contro. Sei lì che compi grandi imprese, poi cambia l'angolazione del tuo sguardo e ti scopri ridicolo fin dalla nascita. Se hai due o tre anni e sei un tipo ponderato analizzi la situazione e ti dici: non importa, ho tempo per maturare. Altrimenti ti butti giù. Accadeva anche al digiunatore. Aveva trent'anni e stava in una gabbia, senza mangiare, esposto al pubblico notte e giorno. Il tutto, in fondo, per guadagnare qualcosa alla fine del digiuno e dunque mangiare. Davvero insensato. C'era gente che faceva ben altro: liberava popoli, favoriva il progresso, costruiva nazioni. Nelle condizioni in cui si trovava lui, sarebbe stato difficile costruire qualcosa: che so, mettere su famiglia, tanto per fare un esempio. Quale persona sarebbe stata disposta a vivere col Succi in gabbia, esposta ininterrottamente agli sguardi di tutti e senza mangiare? Una persona pazza. Questo la diceva lunga su di lui. E se la pazza approfittando della distrazione del pubblico rimaneva incinta? Bello, certo. Ma poi? Avrebbe partorito in gabbia? Sì sentì un essere senza forma, una nube gassosa sul punto di disperdersi nell'aria.

Ma c'era qualcosa, in lui, che non si arrendeva a niente, neanche all'evidenza. Ebbe una delle sue intuizioni, che non nascevano dallo studio e neanche dall'esperienza, ma da qualche altra parte. Prese alla lettera l'immagine della nube gassosa che si dissolve.

«Trattieni il respiro» si disse, con la voce entusiasmante dello stregone. Lo fece. Funzionò. Trattenendo il respiro, la nube gassosa non si disperdeva, anzi: era più concentrata. Si contraeva. Ridiventava una cosa solida, e lui con lei. Lo fece per tutta la mattina. Tratteneva il respiro. Qualche boccata d'aria. Tratteneva il respiro. E così via. Alla fine della mattina gli girava la testa ed era tornato il grand'uomo che offriva il proprio corpo al mondo, si sacrificava per regalare agli uomini il segreto dell'immortalità. A *tutti* gli uomini, senza distinzioni di classe: si trattava infatti di immortalità socialista. Era chiaro che Giovanni Succi meritava una ricompensa per tutto quello che stava facendo.

A dispetto del suo socialismo, vennero molte persone dell'alta società. Un giorno arrivarono addirittura i due vecchi ultraterreni.

«Che bei signori distinti» disse la voce della nonna nella sua testa.

Quella visita era un onore enorme, perché i due uscivano di casa raramente. Procedevano come su un trono portato dai servitori, anche se in realtà camminavano. Però quando ti arrivavano vicino e ti parlavano erano semplici, rispettosi. La loro regalità rimaneva di sottofondo.

Il conte gli dette un consiglio destinato a grande fortuna: «Lei non deve farsi chiamare digiunatore, sarebbe preferibile artista del digiuno». Era una definizione che aveva letto in una rivista tedesca, forse in Germania i digiunatori venivano chiamati così.

«Ascolta questo bravo signore» disse la nonna imperiosa.

Un artista del digiuno è il titolo che Kafka darà al suo racconto su un digiunatore, una delle poche opere che non voleva distruggere. I due artisti del digiuno, Giovanni Succi e il protagonista del racconto di Kafka, sono uno l'opposto dell'altro, anche se forse si tratta della stessa persona.

Il conte gli raccontò di Epimenide: un ragazzo dell'antichità che era entrato in una grotta per un pisolino e aveva sognato per cinquantasette anni di fila. Per tutto quel tempo aveva parlato con un dio. Dunque si era svegliato sapiente. Durante quei cinquantasette anni non aveva mangiato. Forse anche Giovanni, durante i suoi digiuni, riceveva messaggi di saggezza da altre dimensioni. Del resto, durante i digiuni sognava molto.

Allora è questo che ci si aspetta da me, realizzò. Messaggi dell'altro mondo.

Una parte della sua mente cominciò a fare dei discorsi sui suoi rapporti diretti con Dio. Sosteneva che le cose che diceva gliele suggeriva Lui. I riferimenti religiosi si infittirono.

Giovanni andava sempre più lontano a bordo della sua barchetta. Lo scoglio in mezzo al mare del digiuno non gli bastava. Sentiva la necessità di andare oltre. Era un esploratore prima ancora che un digiunatore. Puntò verso l'orizzonte con la ferma intenzione di perforarlo.

Il digiuno doveva durare trenta giorni, secondo contratto. Nell'ombra crescevano le invidie, ma lui non lo sapeva.

Vennero a prenderlo mentre era al bagno. Forse per umiliarlo, dato che non c'era bisogno di coglierlo di sorpresa. C'era, nella gabbia, un angolo in cui faceva i suoi bisogni. Due volontari tenevano un lenzuolo e lo proteggevano dalla vista degli spettatori. I bisogni liquidi non erano così infrequenti perché beveva molta acqua. Insomma era lì, dietro il lenzuolo, distratto dal pudore, quando fecero irruzione le guardie armate.

Le invidie e le critiche avevano dato i loro frutti. Si era fatto nemici potenti e invisibili. Volevano impedirgli di portare a termine l'impresa.

Il ristoratore provò a fermare le guardie. Non capiva neanche chi fossero: solo due erano vestiti da carabinieri, e non furono loro a prendere di peso il digiunatore. Chi erano gli altri? Anche Ginevra provò a difenderlo, per lei gli esperimenti di telepatia erano diventati una ragione di vita. Ma le guardie lo incappucciarono e lo trascinarono via, al culmine del successo. Senza spiegare quale fosse il suo crimine.

Quella fu la sua ricompensa.

Il registro del manicomio

Dal registro del manicomio della Lungara: «Giovanni Succi, celibe, entrò affetto da frenosi sensoria nel manicomio il 21 gennaio 1883 e ne uscì il 4 settembre alquanto migliorato. Aggravatosi nuovamente, vi ritornò il 23 novembre 1885 per uscirne il 30 maggio 1886, sempre in uno stato di relativo miglioramento, essendo la sua malattia difficilmente sanabile».

Non mi basta

Da ragazzo si buttava dagli scogli. Da grande si buttava nelle situazioni. Si buttò a capofitto anche nel manicomio. All'inizio però non capiva.

«Dove mi state portando? Che ho fatto?» domandava a quegli uomini impassibili che lo rapivano nella notte.

Temeva di essere arrestato. Sperava in un'avventura galante.

«Ti portiamo in manicomio».

«In che senso?»

Non voleva capire.

Vide sua nonna seduta accanto a lui nella carrozza blindata. Composta, gentile, impettita. Non era pazzo. Ma aveva una grande capacità di visualizzare i propri sentimenti attribuendoli a persone a cui voleva bene. In questo modo poteva dialogarci.

«Ti portano nel posto dove stanno i pazzi, bambino mio» spiegò la nonna. Qui accadde qualcosa che confessò solo anni dopo. Gli venne da piangere. Per qualche ragione infantile, pensava che il successo gli fosse dovuto. Ora che l'aveva quasi raggiunto glielo toglievano portandolo in un brutto posto.

«Stai tranquillo, non piangere» gli disse la nonna.

«Quando sei là dentro, fai come la tua brava amica Ginevra, che ha le visioni al contrario».

«Che vuol dire nonna?»

«Non vede quello che non vuole vedere. Non c'è miglior cieco di chi non vuol vedere».

«E io che devo fare?»

«Stai andando in un brutto posto, sì. Ma è brutto solo se lo vedi. Basta che non guardi nelle altre stanze. Se non guardi i pazzi, loro non possono farti niente».

Le teorie di sua nonna avevano la virtù del coraggio e il potere di rassicurare. Giovanni Succi era cresciuto cullato da quella logica. Altrimenti non sarebbe stato così temerario da avventurarsi in Africa, nello spiritismo e nel socialismo senza sapere niente. Ma certo: non avrebbe guardato nelle altre stanze, ecco la soluzione. Questo progetto lo riscaldò. Smise di piangere.

Si aspettava un edificio, ne vide molti. Il manicomio era, infatti, una piccola città, quasi autosufficiente. Appena varcarono il portone si attenne al piano sforzandosi di vedere il meno possibile. Gli piaceva questa cosa. Sfidare il suo corpo lo rassicurava. Riuscì a dominare gli occhi: erano aperti ma lui era come se camminasse in una nuvola. Quando occorreva apriva uno spiraglio in quella nebbia privata e vedeva quel che doveva vedere. Non di più. Dosava la realtà. Sono io che comando, si diceva, non le immagini là fuori. Tuttavia non era ancora quello spirito immortale che sperava di diventare. Tutto concentrato sulla vista, non si era preparato a dominare il naso e gli orecchi: mentre percorrevano il corridoio gli arrivò un odore nuovo, probabilmente un disinfettante. Poi sentì delle voci in lontananza, sembravano voci di bambini. Impossibile, pensò. Lo portarono in un ufficio, lo consegnarono a tre medici alienisti che discussero per stabilire a quale padiglione andasse assegnato. Questo ci fa pensare che il suo ricovero non era stato pianificato. Qualcosa, qualche suo atto o atteggiamento, aveva fatto precipitare la situazione. I malati erano raggruppati in base al comportamento. C'era il padiglione degli agitati, quello dei cronici, quello dei pericolosi, quello dei bambini (dunque aveva sentito bene) e altri raggruppamenti. All'interno di ogni padiglione gli uomini erano separati dalle donne. Giovanni fu assegnato al padiglione più grande, era quello chiamato del Bisonte. Ospitava epilettici, dementi, malinconici e schizofrenici e tutti quei pazzi che sfuggivano a una definizione precisa, soprattutto i più difficili: quelli che erano sani.

Giovanni attraversò i corridoi protetto dalla sua nebbia personale, un po' come un eroe dell'antichità quando un dio lo rende invisibile, solo al contrario: era il mondo esterno a essere offuscato. Sentiva gli infermieri che contavano i pazienti. «Tutti presenti» dicevano. La conta dei pazzi era una delle attività preferite, li contavano di continuo. Dava un senso di efficienza. Per il resto regnava un certo abbandono e c'erano lunghe ore di libertà, anche se magari le trascorrevi legato.

«Muoviti» gli dissero, «che devi mangiare».

«No» disse lui.

Fino a quel momento i rapporti con gli infermieri erano stati buoni, Giovanni faceva quello che gli dicevano e sembrava ragionevole, perfino gioviale. Era un ragazzo semplice, ed erano piuttosto stupiti di doverlo rinchiudere. Ma più loro insistevano sul fatto che dovesse mangiare, perché così prevedeva il regolamento, più lui diceva di no, più i rapporti peggioravano. Giovanni non aveva ancora terminato il suo digiuno, era arrivato a metà. Per lui era importante finirlo, al di là del contratto. Per noi è difficile capirlo, infatti chi di noi può dirsi il più grande digiunatore di tutti i tempi? Ma per lui era una questione di vita o di morte.

Un'altra delle sue visualizzazioni era questa: all'inizio del digiuno diventava una freccia appena scoccata, e durante tutto il digiuno viaggiava nell'aria verso il bersaglio. Non poteva smettere di essere quella freccia, pena la distruzione. Richiamare l'immagine della freccia indebolì quella della nuvola: a quei tempi, era all'inizio, non gli era facile sostenere più immagini contemporaneamente. Nella nuvola protettiva si aprirono molti varchi, vide la gente nei corridoi e nelle stanze. Alcuni erano legati. Dovevano essere pericolosi.

«Ora mangi».

«No».

Nonostante la paura e lo smarrimento, sapeva essere testardo. Nelle numerose diagnosi di cui fu oggetto, anche durante gli anni successivi, ricorre la parola testardaggine. Immagino non sia un termine clinico. Certo c'era in lui una sorgente inesauribile di testardaggine.

Nella sua stanza gli portarono da mangiare e siccome si rifiutava provarono ad aprirgli la bocca. Ma è difficile aprire la bocca a un digiunatore. E poi Succi era dotato di una forza non comune anche nelle mascelle. Alla fine decisero di lasciar perdere il regolamento.

«Va bene, mangerà un'altra volta, chi se ne frega». Stavano andando via quando un infermiere più nervoso degli altri tornò indietro e lo colpì in pancia con un manganello. Succi incassò magnificamente. «Ma che fai?» disse un secondo infermiere al primo. Ma quello colpì di nuovo, più forte. Succi incassò ancora, assaporando l'elasticità atletica del proprio addome. Si sentì nel suo elemento. Gli sembrava di essere un saltimbanco della sua infanzia, un uomo uscito dal Paradiso Terrestre. Forse quegli individui prodigiosi resistenti a tutto venivano dal manicomio. Sorrise e disse: «Non mi basta. Non mi basta».

Quello non capiva. Abbassò il manganello senza colpire, sconcertato dall'atteggiamento del digiunatore.

Di solito siamo bravi ad allinearci con il più forte. Giovanni Succi non si allineò mai con il più forte: al massimo lo superava di slancio. O reagiva opponendosi testardamente, come quando si rifiutava di mangiare. O accettava completamente la situazione, superando tutti. Quello l'aveva picchiato? Bene, che lo picchiasse di più.

«Picchia. Colpisci. Non mi basta» ripeteva fiero. L'infermiere era il suo carnefice e anche il suo pubblico: rimase a bocca aperta. Uno dei rari casi in cui questa espressione è da intendersi alla lettera. Giovanni era teatrale, ma non falso. Perché mai, poi, avrebbe dovuto essere falso? Dove stava il trucco? Non c'era. In momenti come quelli, era pronto ad andare fino in fondo. Era pronto a sfidare la morte accettandola. In fondo la morte era una forma di digiuno.

«È proprio pazzo» disse l'infermiere picchiatore per salvare la faccia. Rinunciò a colpirlo. Non sappiamo se si sentisse ingiusto, secondo me si sentì ridicolo. Ma gli altri avevano visto la verità da vicino e ne erano rimasti impressionati. Giovanni Succi non era pazzo. C'erano in lui una fierezza e una semplicità eccezionali ma non patologici. Un egocentrismo miracoloso. Avrebbe potuto ruggire rimanendo sé stesso. Era posseduto dallo spirito del leone.

Il controllo del respiro

Dopo una settimana che era lì, Giovanni Succi si era già fatto un suo pubblico. Aveva distrutto la nuvola. Per la prima volta lo stregone e la nonna erano entrati in conflitto. Lo stregone gli aveva detto che doveva guardare e lui lo aveva ascoltato. La nonna aveva scrollato le spalle. «Contento te» aveva detto. Niente più nuvola. Ora Giovanni Succi vedeva tutto, voleva vedere tutto. Per sopravvivere. Aveva estimatori sia tra gli operatori sanitari sia tra gli ospiti. Adoravano sentire storie di viaggio, nello stanzone comune detto solennemente Sala Degli Incontri. Lui era partito con ambizioni più alte. Avrebbe voluto condividere segreti che potevano cambiare la storia dell'umanità. Ma i suoi ascoltatori volevano i viaggi e lui li accontentava. Cercava comunque di infilare in quelle storie messaggi importanti. Senza neanche rendersene conto si ritrovava a ripetere che lui era in grado di sopravvivere a qualsiasi veleno e a qualsiasi malattia, e che anche loro avrebbero potuto farlo, se lo avessero ascoltato. Ma su questo punto non gli credevano o, se gli credevano, si stancavano presto di sentirne parlare.

Il digiunatore, o se vogliamo il viaggiatore, durante il soggiorno in manicomio affinò la capacità di guidare gli stati d'animo degli altri: calmandoli o eccitandoli all'occorrenza. Una capacità che sarebbe stata determinante per i suoi successi futuri.

L'infermiere che l'aveva picchiato, Plinio, tornò alla carica per farlo mangiare. Gli altri avevano rinunciato: mangerà alla fine del digiuno, dicevano con una saggia tautologia. Plinio disse che se non mangiava con le buone l'avrebbero fatto mangiare con le cattive. Avevano una macchina speciale per questo: un tubo che sparava il cibo in bocca. Giovanni commentò: «Un tubo che spara cibo! Vi siete organizzati bene qua». Quello rispose «Be', sì» ci pensò su, decise che Giovanni non lo stava prendendo in giro. Tutto contento si calmò.

Il digiunatore aveva un sincero entusiasmo per il mondo, perfino per l'organizzazione del manicomio in cui era rinchiuso. Una ingenuità strabiliante che conquistava gli animi, per sempre o per un po'. Forse era anche questo che attirava le persone ai suoi digiuni: la possibilità di sentirlo parlare, con gli occhi esaltati dall'interesse. Dai giornali dell'epoca si capisce che, con gli anni, diventò un grande conversatore. Le parole un po' strane che ogni tanto infilava nei discorsi non toglievano niente al fascino dell'insieme, anzi. Ma non era solo questo: non erano solo le cose che diceva a cambiare le persone. Era soprattutto come respirava.

In manicomio imparò a calmare le persone con il respiro. Il primo individuo con cui questa pratica gli riuscì fu sé stesso. Quando era nervoso, o quando le contrazioni della fame si facevano violente, rallentava il respiro, lo dilatava, gli imprimeva certi ritmi particolari. Riusciva a calmarsi obbedendo a uno schema di inspirazione e espirazione inventato da lui. Alla Lungara, contagiato dallo spirito positivista dei medici alienisti, fece così attenzione a sé stesso che si accorse che poteva agganciare il respiro degli altri. Disse proprio così, «agganciare». Se guardava in un certo modo l'interlocutore, dopo un po' quello prendeva a respirare al suo stesso ritmo e Giovanni poteva quindi guidarlo verso altri stati d'animo. Sul suo diario, sono annotati con precisione i numeri relativi a queste variazioni ritmiche di inspirazione e espirazione. Ma se aveva tutte queste virtù come mai era finito alla Lungara? Forse proprio perché aveva tutte queste virtù.

Delirio religioso

C'erano notti in cui se lo chiedeva di continuo. I suoi amici sapevano dove si trovava? Perché non intervenivano? E poi: esattamente, perché era finito là? Per andare in manicomio occorreva un certificato di pericolosità per sé o per gli altri, o attestante che il soggetto in questione era un elemento di pubblico scandalo. Dunque esisteva un certificato che lo riguardava. Cosa c'era scritto? Sapeva che non gli mancavano i detrattori. Chi lo accusava di truffa, chi di aver abusato di un'isterica e di atti osceni in una gabbia. Ma queste erano accuse che avrebbero dovuto portarlo in carcere, non là dove si trovava.

Abbiamo detto che la Lungara era una piccola città, infatti aveva anche un prete. Gli disse che doveva smetterla e pentirsi: i suoi digiuni erano blasfemi, perché imitavano quelli di Mosè, Elia e Gesù Cristo. Giovanni fu colpito favorevolmente da questi paragoni lusinghieri. Anche se dubitava che quei grandi personaggi avessero la sua stessa forza fisica, era stimolante essere come Mosè, Elia e Gesù. Se solo avesse saputo quanti giorni avevano digiunato si sarebbe impegnato per superarli. Lo chiese al prete. Domandò anche a quale tipo di sorveglianza si sottoponessero per certificare la loro astensione dal cibo.

Non c'era arroganza in queste domande, solo buona volontà. Non si era detto che la buona volontà è importante? Ma il prete inorridì e lo piantò in asso.

Da allora Giovanni Succi intensificò i riferimenti religiosi. Erano citazioni a sproposito, che gli derivavano dal ricordo dei ragionamenti di sua sorella bambina. Quindi erano discorsi minati da un doppio errore: le lacune della memoria e il fatto che sua sorella, da bambina, più che conoscere la religione la immaginava. In questo modo Giovanni Succi giustificò la diagnosi di delirio religioso che era uno dei motivi per cui era lì. Una di quelle diagnosi che potremmo chiamare accuse. Una diagnosi che è anche un'accusa sembra voler dire che da una colpa si può guarire. Ma Giovanni Succi andò incontro a quella colpa con grandiosa incoscienza, come faceva sfidando i veleni e le malattie. Delirio religioso. Quando era stato arrestato si trattava di una calunnia. Ma il digiunatore, magnanimo, riuscì, durante il suo viaggio, a trasformarla in realtà.

La belva della Lungara

In occasione di particolari festività, gli ospiti del manicomio potevano camminare nel parco. Avevano il permesso di uscire e passeggiare liberamente, con le opportune limitazioni. C'erano dei percorsi obbligati. Bisognava seguire i sentieri predisposti, senza mai allontanarsi dallo sguardo degli infermieri. Uscire dalla sorveglianza visiva era considerata un'infrazione. I più obbedivano spontaneamente, gli altri venivano portati fuori legati. O storditi dai farmaci. I pazienti più tranquilli e operosi venivano chiamati *malatini* e aiutavano gli infermieri nell'opera di sorveglianza e nel portare le persone legate, a volte trasportando anche il letto e la poltrona. Certi malatini, i più attivi, venivano perfino retribuiti.

Durante una di queste feste, Giovanni Succi camminava nel parco in una condizione di piacere pervasivo. Il profumo delle piante nel sole. Finalmente il sole, dopo tanto tempo. All'epoca del suo primo digiuno, in Africa, metteva il piede fuori dalla capanna e si faceva nutrire dal sole. Questo amplificava la forza profonda derivante dal digiuno. Se l'hai provato lo sai. Se non lo sai non puoi saperlo. Lui stesso se ne era dimenticato. Ora il sole in un attimo gli faceva ricordare tutto e le sue forze si moltiplicavano.

Incontrò una creatura possente, sui cinquant'anni, che coglieva dei fiori. Una donna. Stava stesa nell'erba come un grosso serpente. La donna alzò il capoccione e lo fissò torva. Respirava affannosamente. Giovanni, inebriato dal sole, non aveva paura di niente. Un leone nel sole è più forte di un leone nell'ombra. Respirò piano, imprimendo alla pancia lievi palpiti di farfalla, per agganciare il respiro della donna e modificarne l'atteggiamento e la vita. Era agitata (c'era anche il padiglione delle agitate). Ma lui l'avrebbe fatta stare bene, portandola al dolce ritmo respiratorio del Paradiso Terrestre. Giovanni, il benefattore. Ora quello sguardo torvo sarebbe sparito, per lasciare il posto a un sorriso, lo stesso sorriso benevolo che si stava formando nella mente del digiunatore. Giovanni lasciò uscire dalle labbra un respiro lieve. Il respiro di Dio, pensò. Raramente le sue giornate erano sciupate dalla modestia.

«Ti spacco la testa» ringhiò la donna, con una ostilità inspiegabile.

Nulla funziona sempre, neanche l'aggancio del respiro.

«È pazza, allontanati» disse la voce della nonna nella sua testa. Giovanni era incerto, i pazzi pericolosi erano legati. Ma il suo coraggio non era privo di cautela. Magari quella donna era cannibale, perché no? Tutti gli chiedevano dei cannibali dell'Africa. Ed ecco una cannibale romana. Non rispose niente, non reagì, non batté ciglio. Tirò diritto con passo felpato, come un leone quando vuole essere discreto.

Quel giorno Giovanni incontrò una serie di personaggi memorabili. Gli uomini hanno una tale varietà di comportamenti che noi neanche ce lo immaginiamo, visto che, senza rendercene conto, ci circondiamo di persone simili a noi.

Si allontanò, non c'erano infermieri in vista. Si voltò verso la donna. Accovacciata nell'erba, ringhiava come una belva.

Il gioco

Continuò la sua esplorazione del parco. Dopo tutto, era un grande viaggiatore. Che piacevole venticello. Ma un pensiero lo turbava. «Ti spacco la faccia». Doveva tornare indietro e chiedere spiegazioni. Aveva fatto male a dare retta a sua nonna. Di cosa aveva paura? Lo stregone gli ricordò che lui era fisicamente molto forte, per non parlare del suo spirito, che era quello del leone. E poi quella donna non sembrava pazza e neanche cannibale, solo prepotente. Una donna prepotente, un uomo testardo. Chissà cosa ne sarebbe venuto fuori.

In quel momento apparvero tre infermieri, uno era Plinio, che trascinavano un paziente che aveva trasgredito. Lui diceva che non era vero, che avevano barato. Il verbo «barare» colpì il digiunatore: quell'uomo parlava come se si trattasse di un gioco. Il fatto è il seguente. A volte qualche infermiere si allontanava di proposito, per uscire dal raggio visivo dei malati: così da poterli punire. I malati inseguivano gli infermieri, per essere visti. Ma non sempre funzionava. Capitava che i malatini, invece di aiutare i malati, li ostacolassero e fossero complici degli infermieri. A volte venivano pagati per farlo. Il poveretto aveva perso a questo gioco e per punizione fu scaraventato nella vasca dei pesci. Plinio spingeva la testa del perdente sott'acqua.

«Anch' io» disse il digiunatore illuminandosi, e si buttò in acqua. Quando gli altri infermieri costrinsero Plinio a smettere, anche Giovanni uscì, ma solo dopo l'altro, perché non voleva esser secondo.

«L'ha mangiato, ha mangiato un pesce, ha interrotto il digiuno!» disse qualcuno indicando Giovanni. Sembra improbabile che sia riuscito a catturare un pesce e a mangiarlo sott'acqua. Se l'ha fatto, sarebbe anche questa un'impresa dello spirito del leone.

Poi si sedettero tutti attorno alla vasca dei pesci. Il tipo che era stato buttato in acqua boccheggiava, tossiva, ci mise un po' a riprendersi. Continuava a ripetere che avevano barato, che non era giusto. Giovanni stava bene, gonfiava il petto e si pavoneggiava. Non fu neanche punito per aver affrontato una punizione senza permesso. Il suo comportamento lasciava tutti sbigottiti.

Non fu l'unica volta che fece una cosa del genere, sottoponendosi a un trattamento come prova. Volle sperimentare la doccia gelida, lo stanzino buio e la camicia di forza. Corde e catene lo rassicuravano. «Non mi basta, non mi basta» ripeteva sotto lo sguardo attonito degli infermieri, che a quel punto smettevano. Probabilmente si sentiva al centro di uno spettacolo e recitava, raggiungendo la piena sincerità del suo essere. Di sicuro il suo era un comportamento unico. Pretese anche che gli venissero somministrati vari sedativi. Su di lui durante il digiuno non avevano effetto i veleni, figurati i sedativi, così sosteneva. Però in alcuni casi ne apprezzò il sapore, trovandolo delizioso.

Arrivarono i medici per sapere cos'era stata quella

confusione, ma trovarono un gruppo di persone che conversava sull'erba. All'epoca, a livello accademico, c'era un gran fermento riguardo al giusto modo di classificare le malattie mentali, si cercavano «criteri uniformi per il censimento generale degli alienati». Importanti furono le teorie di Andrea Verga, che non è parente dello scrittore. Ma a livello pratico rimaneva operativa la classificazione più importante: da una parte quelli che disturbano, da una parte quelli che non disturbano. Eccoli tutti lì, sereni attorno alla vasca, come in un quadro signorile. Medici, infermieri, persone legate, uomini, donne, bambini. Sì, anche bambini.

Da un cespuglio bianco fece capolino la testa della belva.

«È Gigliola» dissero. Ma la lasciarono stare, forse avevano paura.

Un bambino saltellante chiese a Giovanni: «Raccontaci le tue storie africane».

Dunque la sua fama si era diffusa nelle più remote regioni del manicomio. Ne fu fiero. In quel momento, nonostante le violenze e le ingiustizie – la vita è violenta e ingiusta – Giovanni seppe che volevano davvero ascoltarlo. Sentì un'armonia, un bisogno di comunicazione, che lo commosse. Tutti lì, attorno a quella vasca, come attorno a un fuoco che li proteggeva dall'oscurità. Un'oscurità invisibile.

Il bambino

Giovanni sembrava egoista perché parlava sempre di sé, e sbruffone perché sosteneva di poter fare qualsiasi cosa. Tuttavia: tutti avevano bisogno delle sue storie. Perché? C'è uno slancio vitale, in questo tipo di uomini, talmente potente che un certo quantitativo di vitalità deborda da loro e nutre gli altri. Quindi in definitiva, che lo vogliano o no, danno al prossimo più di tante persone modeste.

Giovanni cominciò il racconto delle avventure africane, sicuro di impressionare il suo pubblico. Lanciò un'occhiata al bambino, che non la smetteva di saltare e non era particolarmente impressionato. Allora Giovanni buttò fuori tutta l'aria che aveva nei polmoni e dichiarò che aveva attraversato di corsa il deserto del Sahara. «Uomo cavallo senza milza, così mi chiamavano gli uomini delle carovane e i temibili predoni delle dune». Il bambino strabuzzò gli occhi ammirato. Giovanni aveva agganciato la sua attenzione. Il digiunatore non stava dicendo la verità: l'uomo cavallo senza milza era un ricordo di infanzia, un individuo che correva a Cesenatico. Ma con questa sovrapposizione regalò nuovo entusiasmo al suo pubblico. Poi alzò il braccio imperioso ed esclamò: «E ora prova pratica!» Si mise a correre nel parco e tale era la sua forza di attrazione che molti gli corsero dietro, perfino alcuni infermieri. Gli infermi e i legati corsero con l'anima. Ma nessuno riuscì a reggere il suo ritmo. Tornati attorno alla vasca, Giovanni si esibì in prove di forza sollevando dei pietroni e anche un malato legato a una poltrona.

Il bambino aveva provato a correre, era inciampato, ma era entusiasta. Vedeva predoni e carovane transitare nel parco. Batteva le mani ballonzolando. Era un bambino biondo, gracile, che si agitava e saltava di continuo. Non riusciva a stare fermo. Molti lo trovavano fastidioso, per questo era lì. È difficile parlare quando uno ti saltella davanti. Questo movimento incessante e assurdo trasmette ansia. Il digiunatore contrasse i muscoli della pancia e allontanò da sé questi cattivi pensieri: guardò il bambino con interesse. Il bambino era intelligente, capì che quello sguardo conteneva una domanda e rispose: «Non sono cattivo. È che mi hanno addestrato male, come i cani». La frase si piantò nella mente del digiunatore e non ne uscì più. Si chiedeva se il bambino avesse pensato quella frase da solo o se l'avesse sentita da qualcuno. Non sapeva quale possibilità fosse la peggiore. Giovanni prese a benvolere questo bambino, che chiameremo Mario. Dopo quel giorno lo incontrò molte altre volte: a sapersi muovere, i padiglioni della Lungara non erano così isolati gli uni dagli altri come sembrava all'inizio. E il parco non era così inaccessibile. Il piccolo ballonzolante voleva imitare il digiunatore, nella corsa, nelle prove di forza, voleva addirittura imitarne il digiuno e bere l'elisir. «Per l'amor di Dio» disse Giovanni, «lascia perdere il digiuno. Moriresti. Ci vuole una predisposizione, anni di lavoro. L'elisir ti avvelenerebbe». Per quanto riguarda la corsa e le prove di forza, Giovanni provò a insegnargli. Mario non era tagliato. «Puoi farcela. Sei tu che comandi» gli ripeteva Giovanni, ma non funzionava. Alla fine però quelle prove dettero un risultato. Mario con tutto quel ballonzolare si rivelò fenomenale nel lanciare in aria gli oggetti e riprenderli al volo. «È questo che devi fare: lanciare in aria gli oggetti e riprenderli» gli disse Giovanni, che aveva il dono della semplicità. «Ma io voglio essere come te» rispondeva Mario.

«Scegli la via più facile» disse il digiunatore. Mario lo ascoltò.

Alcuni medici sostenevano che Giovanni fosse un egoista e uno sbruffone, se pensava di trasmettere le sue inutili manie a un bambino. Uscito dalla Lungara, Mario divenne un megalomane e un giocoliere. Nel 1911 conobbe un giovanissimo giocoliere che si chiamava Enrico Rastelli. Mario gli suggerì di non usare oggetti qualsiasi, ma tre oggetti semplici: bastoni, piatti e palline, più facili da afferrare. All'epoca, i giocolieri usavano quello che capitava. Enrico Rastelli lo guardò sconcertato, ci pensò su e divenne il più grande giocoliere di tutti i tempi. L'idea di usare tre oggetti semplici da afferrare (sembra un'idea facile, ma prima non era mai venuta a nessuno) è arrivata fino a noi.

«Scegli la via più facile» disse Mario a Enrico Rastelli.

E questo è solo un piccolo esempio di come la sbruffoneria e l'egoismo di Giovanni Succi hanno portato il bene e il gioco nel mondo.

A Cesenatico Ponente c'è una via intitolata a «Giovanni Succi. Benefattore».

Le lucertole

Il benefattore indicò il pesce bianco e disse: «Mmm. Era squisito».

Quando avevano detto che si era mangiato un pesce, si riferivano proprio a quel florido esemplare. E davvero per un po' era sparito, si era nascosto in qualche anfratto o nel torbido. Ora grufolava beato, senza neanche il segno di un morso. «Ho mangiato un pesce che ora nuota. Così lo posso mangiare di nuovo». Per la prima volta il bambino rise. Fu il solo. Non tutti capiscono il senso dell'umorismo dei benefattori.

Giovanni alzò le braccia e annunciò: «E adesso, signore e signori, tenterò un esperimento che mi fu insegnato dai fachiri africani».

Mormorio del pubblico.

«Ma i fachiri non erano indiani?» chiese qualcuno. Giovanni Succi ignorò la domanda miserabile, chiaro frutto di ristrettezza mentale. «Nel dialetto della giungla profonda, l'esperimento che vado a tentare si chiama *mangiare e non mangiare*». Spiegò che avrebbe ingerito due lucertole, per poi risputarle vive. Ciò non avrebbe inficiato il suo digiuno, dato che il transito veloce non avrebbe permesso la digestione delle lucertole. «Che anzi

94

usciranno dal mio corpo più vive di prima, dato che verranno contagiate dallo spirito del leone che è in me».

Disse al bambino: «Prendi un secchio, addentrati nel parco, cattura due lucertole, anzi facciamo tre, e mettile nel secchio. Poi portamele».

Il tono autoritario non piacque a Mario. «Perché?» chiese, con lo sguardo di colpo distratto che era, per lui, un modo di sfidare e di difendersi.

«Perché devi scappare nel parco tutte le volte che puoi. Promettimelo». Sapeva che gli avrebbe fatto bene e si sentì bene anche lui.

Il bambino ridivenne attento e chiese ancora: «Perché?» stavolta con interesse.

«Dovresti pensare di meno e avere un collo più morbido» rispose il benefattore.

Il bambino lo guardò perplesso.

Non gli aveva detto di non saltare, come gli dicevano tutti. Neanche un cenno sui salti. Gli diceva solo di cambiare collo. Il collo del bambino si rilassò, come per magia, o per miracolo. Giovanni Succi sorrise. A volte si sentiva Dio. Altre volte anche meglio.

Mario tornò con tre lucertole nel secchio. Il digiunatore si preparò al numero come un sacerdote si prepara alla messa. Era pieno di fede. Posò solennemente il secchio su una panchina di pietra.

«Ora le mangerò senza mangiarle. Usciranno vive dalle mie labbra, dopo essere state nella mia pancia. Saranno lucertole con lo spirito del leone».

L'aveva appena detto che fu colto da un dubbio: e se fossi un gigantesco cretino? Se in me non ci fosse nulla? Solo il vuoto, l'assurdo, il caos? Dopo tutto, quel numero non gli era mai riuscito. Di solito, era animato da una incrollabile fede in sé stesso: quella era la sua unica follia, la sua bella virtù. Ma ogni tanto questa fede l'abbandonava di colpo, senza una ragione. Si sentì ridicolo, caotico, perduto. Solo. Improvvisamente, anche il bambino sembrava lontano. Se non fosse riuscito a fare quello che aveva detto, si sarebbero allontanati tutti, diventando sfuocati e terribili. Avrebbe perso credibilità di fronte all'intero manicomio, che al momento era il suo mondo. E Giovanni Succi aveva la capacità di affrontare un mondo per volta. Invocò un intervento divino dello stregone o della nonna. Aveva difficoltà ad attribuire gli interventi divini semplicemente a Dio. Né lo stregone né la nonna trovarono niente da dire.

Stava lì, spavaldo fuori, confuso dentro, quando una maschera grottesca sbucò dal cespuglio dietro la panchina. Era Gigliola, paonazza, quasi nera. Affondò la mano nel secchio. Sorprese tutti, anche il digiunatore. Forse lui la lasciò fare vedendo in quell'apparizione un intervento divino dello stregone o della nonna, in ogni caso una scappatoia. L'energumena portò le lucertole alla bocca, protese il mento verso il cielo e le ingoiò con un gorgoglìo orrendo, facendo sussultare il largo collo, senza risputarle vive.

«Quando mangio mangio» disse e scomparve, risucchiata dal cespuglio.

La camicia di forza

La certezza di essere indistruttibile gli regalava giornate di immortalità. Ma cosa intendeva esattamente Giovanni Succi quando spalancava gli occhi e diceva «io sono indistruttibile»? Non lo sapeva neanche lui, ma sentiva che non era una menzogna, altrimenti non lo avrebbe ripetuto tutta la vita. A una prima occhiata, sembra che lo intendesse alla lettera, nel senso che non potesse succedergli niente di male. In tal caso, potremmo davvero parlare di una patologia psichiatrica che avrebbe avuto ricadute visibili: Giovanni Succi sarebbe andato incontro a incidenti spiacevoli e non sarebbe vissuto a lungo. Invece, nonostante le apparenze, stava attento. Affrontava rischi calcolati. Forse intendeva che aveva dentro di sé la sorgente di una speranza illimitata. Quella forza che permette di progettare cattedrali o creare civiltà. Quella forza lo spingeva a fare tante cose, in una specie di ingordigia. Se analizziamo gli spostamenti della sua vita, lo vediamo sempre in movimento. Confrontando date e luoghi, verrebbe da pensare che avesse il dono dell'ubiquità.

Lui stesso, a volte, quando raccontava la propria vita, perdeva il filo, si contraddiceva. Del resto, molti furono gli scienziati che lo studiarono durante i digiuni, ma nessuno analizzò gli effetti di quei digiuni sulla sua memoria. Quando raccontando perdeva il filo o si contraddiceva, capiva che nella sua vita c'era troppa roba. Oppa Oba, come diceva da bambino quando volevano ingozzarlo di cibo. Per questo gli piaceva digiunare: fronteggiava Oppa Oba, cercava di raggiungere l'essenziale. Per questo gli piaceva stare in una gabbia, replicando condizioni di vita sempre identiche. Per sconfiggere l'ubiquità.

Quel primo soggiorno in manicomio durò dal 21 gennaio al 4 settembre 1883. La diagnosi fu di frenosi sensoria. Cioè psicosi con sintomi positivi: allucinazioni. In realtà, dal suo diario non risultano tutte queste allucinazioni. Quando sentiva la voce dello stregone o della nonna, e ammesso che a volte li vedesse, coltivava queste suggestioni in modo consapevole, per fare ordine e tenere a bada la sua personalità dilagante.

Il suo maltrattamento preferito era la camicia di forza. Si sentiva compresso e ben definito, quando lo chiudevano nella camicia di forza. Gli piaceva perfino il nome.

Quando Giovanni spiegava agli altri pazienti la bellezza della camicia di forza riusciva a farli ridere. Non è che non conoscesse il dolore. Anzi. All'epoca era stato dimenticato da tutti. Avrebbe potuto piangere tutto il giorno. Ma allegro era il suo modo di vivere e di raccontare. È questo lo spirito del leone. Chi ha visto un leone sorridere sa cosa intendo.

Lo sciopero della vista

Frequentava regolarmente la mensa del padiglione. Non mangiava. Se ne stava seduto, composto, attento, come un gentiluomo che viaggia per conoscere un paese straniero. Si limitava a bere acqua e inalare il profumo del cibo. Gli altri chiedevano: perché non mangi? Queste domande lo infastidivano e gli facevano piacere. Rispondeva che voleva andare oltre il corpo. Quando alcuni vollero imitarlo, precisò che, prima di superare il corpo, dovevano approfittare delle sue potenzialità: imparare a mangiare.

«Voi non sapete mangiare. Vi abbuffate senza sentire veramente i sapori. Il leone può digiunare a lungo, ma quando mangia assapora fino in fondo, per questo è così forte».

Un gruppetto, tra quelli capaci di intendere e di volere, gli dette ascolto. Giovanni li indusse a mangiare bendati, perché sentissero i sapori.

«Avete orribili pensieri. Non potete combatterli con altri pensieri. Combatteteli con il sapore» spiegò.

«Ma se è schifoso!» disse uno. Poi però, guidato dalla voce di Giovanni, che era anche la voce dello stregone, si accorse che era buono. La pratica si diffuse tra i pazienti. Alcuni ciondolavano e sembravano morti, a parte quando aprivano la bocca per mangiare. Quelli non aderirono all'iniziativa. Ma c'erano casi intermedi tra la vita e la morte. C'era uno che dormiva sempre, anche a mensa. Si svegliò e disse: «Voglio provare anche io a mangiare bendato».

Il mondo è ingiusto. La direzione non apprezzò questo successo, anche perché per fabbricarsi le bende strappavano i lenzuoli e quello che capitava. Gli infermieri sequestrarono le bende. Pretendevano che i pazzi guardassero in faccia la realtà. Una follia.

Giovanni allora insegnò ai compagni la cecità isterica, arte che aveva imparato da Ginevra.

«Vedi ciò che vuoi vedere. Sei tu che comandi» disse il digiunatore.

«Ma tu chi?» chiese quello che si era svegliato.

«Il vero te stesso. Che non sei tu».

«E chi sarebbe?»

Giovanni non lo sapeva, lo intuiva. Si limitò a ripetere l'indicazione operativa.

«Dovete diventare ciechi con la forza di volontà».

Le notizie circolavano tra i padiglioni. La dottrina del mangiare senza vedere arrivò a Gigliola, la belva della Lungara. Quella donna, fin dalla più tenera età, si abbuffava in modo mostruoso. Voracità e scatti d'ira l'avevano portata al manicomio. Era proprio la vista del cibo a scatenarla. Inaspettatamente, seguì le indicazioni. Si bendò. Poi diventò cieca con la forza di volontà. Riuscì a mangiare in modo quasi umano. Questa, almeno, la leggenda che giunse agli orecchi del digiunatore mentre, seduto alla mensa, chiusi gli occhi, inalava il profumo del cibo, con una voluttà che lo stordiva. Anche da fermo, gli riuscì l'esercizio acrobatico di cui era maestro: fu di nuovo felice.

Lo sciopero della fame

Il vento rivoluzionario non si limitò allo sciopero della vista. Difficile che un vento rivoluzionario si limiti. Soffiò oltre. Gli uomini che Giovanni aveva liberato dalla paura iniziarono lo sciopero della fame. Sembra paradossale che facessero un simile sciopero dopo che il digiunatore gli aveva insegnato a gustare fino in fondo i sapori della vita. Ma lui gli aveva messo appetito in senso lato. Volevano imitarlo, rompere tutte le catene. Era il suo momento.

Cercò di spiegare i suoi segreti. Spalancare la porta del suo mondo spiritista e socialista. Ma si accorse che, se la spalancavi troppo velocemente, quella porta si apriva sul vuoto. I suoi erano segreti lunghi, legati all'esperienza, non riassumibili in poche frasi. Dire le cose non è tutto. Gigliola gli aveva detto «ti spacco la testa» ma poi lo aveva aiutato mangiando le lucertole quando lui non voleva farlo. Che lei lo intendesse o meno, questo era il risultato. Ci sono verità che si rivelano nell'esperienza. La rivelazione era un adattamento graduale, non una luce improvvisa. Come poteva spiegarlo ai suoi compagni? Ci volevano i baracconi dell'infanzia, i lunghi pomeriggi in compagnia di uomini forzuti che erano buffoni e profeti, le nonne, le Afriche, gli stregoni, le persone memorabili e quelle amate, che erano diverse per ognuno ma diventavano poi la stessa persona. E tutte queste cose dovevano entrarti nella pelle, sbriciolate e vive. A goccia a goccia. Per questo teneva un diario dei digiuni: per registrare tutto quello che gli accadeva e riflettere sui minimi cambiamenti, facendo un passo per volta. A volte un passo indietro. I giramenti di testa, le rare defecazioni, tutto doveva essere gestito con la massima calma, per trasformare la debolezza in forza. A quel punto, avrebbe potuto parlare loro dell'elisir. Ma i suoi seguaci non avevano pazienza, semplicemente decisero di non mangiare per una settimana.

Una settimana è lunga. Lui sentì che la situazione gli stava sfuggendo di mano. Ma non riuscì a scoraggiarli. Erano euforici. Quello che prima dormiva sempre ora era quasi sempre sveglio, galvanizzato dalla fame. «Sono i giorni migliori della mia vita» disse. Giovanni Succi apprezzava l'esaltazione e il fanatismo. Del resto, come dargli torto? I primi organismi che hanno lasciato gli oceani primordiali per avventurarsi sulla Terra e dare inizio al nostro mondo erano sicuramente degli esaltati. Solo un fanatico può desiderare di uscire dall'acqua, che è così comoda, come dimostrano quei bambini che, nella loro saggezza, si rifiutano di interrompere il bagno e restano in mare anche quando i genitori li chiamano.

Ma i suoi compagni stavano esagerando col fanatismo, perché non erano abituati a dosarlo. Pretendevano di uscire dall'oceano primordiale di colpo.

Però ridevano. Era bello il modo in cui ridevano.

«Voi siete pazzi» gli disse.

La direzione dell'ospedale, nella sua lungimiranza,

fino a quel momento aveva tollerato il digiuno di Giovanni Succi. Dopo tutto, sembrava in forma. Ma ora che a digiunare erano in molti il discorso cambiava. I rischi si facevano eccessivi.

L'infermiere Plinio poté finalmente tirare fuori dai laboratori segreti (lo scantinato) la macchina del tubo. Era questa, in sostanza, costituita da un tubo collegato a una scatola con un pistone. Mettevi il cibo nella scatola, lo schiacciavi con il pistone e, dato che il tubo era infilato nella gola del paziente, costui era costretto a ingurgitare una specie di pappa. La nutrizione forzata poteva essere praticata anche in altri modi, e in effetti la macchina del tubo era usata solo alla Lungara, trattandosi dell'invenzione bizzarra di un precedente direttore.

Ufficialmente non esisteva. Non so quanto fosse utile e funzionale, probabilmente non lo era affatto. Ma si trattava di un marchingegno impressionante, era questo l'importante, questa la sua vera funzione: impressionare. La usarono con tutti i rivoluzionari che vennero portati a turno nello stanzino e nutriti separatamente, per accrescere l'effetto drammatico della scena. Pare facesse un rumore indimenticabile. Anche Giovanni Succi fu sottoposto al trattamento che concluse anzitempo il suo digiuno.

L'uomo che si era risvegliato grazie a Giovanni Succi non se la prese, quando fu sottoposto alla macchina del tubo. Era un individuo infinitamente comprensivo. Quel giorno si spalancò un gran cielo azzurro. Lui disse: «Vedi, il direttore per farsi perdonare ci ha mandato una bella giornata». Era convinto che il direttore del manicomio decidesse il tempo. Morì il giorno stesso del trattamento. Secondo alcuni fu colpa della nutrizione forzata. Per altri del digiuno.

Giovanni fu aggredito dal senso di colpa. Cercò di scrollarselo di dosso, perché niente mai nella sua vita l'aveva preparato a un simile peso. Mai si era preoccupato degli altri per più di dieci minuti, forse venti. Ma niente. La morte dell'amico era colpa della sua esuberanza, della sua smania di grandezza, del fatto che non accettasse la condizione umana. Anche suo padre, sua madre e sua nonna erano morti e lui se ne accorse sul serio solo in quel momento. Prima lo sapeva, ma ora lo realizzò, fu una bordata spaventosa. Lo accusarono di non aver condiviso con i compagni l'essenza del suo segreto: con la pozione misteriosa il suo amico si sarebbe salvato. Gli arrivarono delle voci. Questi discorsi stavano risvegliando l'interesse delle autorità nei confronti di quell'elisir a cui non avevano mai creduto. Se esisteva, avrebbe fatto meglio a nasconderlo.

Filsero

C'era un malatino chiamato Filsero. Giovanni gli insegnò a non sentire gli odori nei corridoi. Filsero riconosceva le malattie mentali senza bisogno di parlare con le persone, semplicemente passando accanto alle loro camere. Fiutava la mania, la malinconia, l'isteria, la demenza. Secondo la scienza del tempo, la mania poteva essere, per esempio, erotica, persecutoria, ambiziosa, teosofica e così via. Lui le fiutava. La malinconia poteva essere semplice o con stupore. Esistevano poi imbecillità, idiozia, cretinismo, pazzia morale, follia paralitica. Alcune forme di pazzia sono passate di moda, altre hanno cambiato nome. Forse la pazzia paralitica si riferisce a quelli che si rifiutano di muoversi: alcuni fra questi avranno le loro buone ragioni. In ogni caso, Filsero riconosceva tutti i disturbi dell'anima dall'odore e aveva paura quando riconosceva la pazzia pericolosa.

Il suo turbamento quando la annusava era reale. L'odore di alcune forme di pazzia arrivava quasi a piacergli. «Ma per evitare rischi meglio non sentire niente» gli disse Giovanni Succi, che sapeva essere pragmatico e tagliare la testa al toro. Così gli insegnò a non sentire odori. «Ora puoi andare dove vuoi. Sei libero» gli disse solennemente.

«Sarebbe a dire che quando un odore mi spaventa devo smettere di respirare con il naso?» Detto così, il grande insegnamento diventava banale. Il digiunatore si adombrò. Non gli piaceva essere ridimensionato. Rifletté. Poi rise:

«Già. Però non ci avevi pensato. Altrimenti perché facevi tutte quelle storie».

«È vero. Incredibile. Sono pazzo» rispose Filsero.

Divennero amici.

Filsero era lì per una questione di eredità. Se lui stava in manicomio, l'eredità andava a un altro. Non si trattava di un caso raro. Alcuni pazienti erano rinchiusi per questioni economiche. Alcune donne erano rinchiuse per questioni morali: la famiglia le riteneva troppo allegre.

Filsero si faceva chiamare così in onore di Leopardi. Infatti durante l'infanzia il poeta aveva immaginato questo eroe, Filsero, che parlava e agiva attraverso di lui, quando giocava con i fratellini. Un po' come lo stregone e la nonna parlavano e agivano atttaverso il digiunatore.

Filsero era un individuo intelligentissimo, inetto e inadatto al mondo, dotato di una empatia straordinaria che da un lato lo rendeva inerme ma dall'altro gli dava come un super potere che gli permetteva, quando incontrava un essere umano altrettanto vulnerabile e sensibile, di creare una speciale connessione, un flusso di coscienze che in qualche modo poteva guarirli reciprocamente dal male interiore.

Per quanto ci possa stupire, Filsero riconobbe in Giovanni Succi questa personalità vulnerabile e sensibile con cui stabilire una connessione. A noi il digiunatore sembra tutt'altro che vulnerabile, ma dobbiamo fidarci dell'olfatto di Filsero.

Il ripostiglio dell'umanità

Le anime saranno anche incorporee, ma non è un caso che abbiano bisogno di un corpo. Non solo: a volte sentono perfino il bisogno del luogo adatto. Per l'anima di Filsero, questo luogo era il ripostiglio.

«Vieni» disse Filsero indicando il muro.

Giovanni gli chiese dove.

«Sbrigati» rispose Filsero, per la prima volta deciso. Non stava indicando il muro, bensì una porticina abbandonata. L'amico lo guidò nei cunicoli fatiscenti del manicomio.

Percorrendo la miniera della pazzia arrivarono a una grande soffitta, usata come ripostiglio.

«Quando voglio parlare tranquillamente vengo qui» spiegò Filsero sedendosi su una poltrona sfasciata.

«E con chi parli?»

«Noi veniamo qua da soli» rispose Filsero con un sorriso nuovo.

Giovanni ebbe paura di quel noi. La nonna gli fece presente che si trovava in un manicomio, e che era in un luogo isolato in compagnia di un alienato.

«Ma è un mio amico, quindi non può essere pazzo» rispose Giovanni, che era un artista della rassicurazione.

Si scrollò di dosso la paura con una rotazione vigorosa delle spalle.

Si sedette su una cassapanca e si guardò intorno. C'era di tutto. Strumenti di cura e di tortura, ma anche oggetti che non avevano niente a che fare con l'universo medico. Valigie, scatole, un passeggino, un flauto, cappelli fuori moda, vestiti eleganti pieni di polvere, specchi rotti. Divani morti. L'ospedale denunciava, in quella marea di oggetti guasti e inutili, una patologia accumulatoria. Il lento naufragio dell'umanità depositava in quel luogo i suoi detriti, dando forma a una baia segreta.

Filsero lì stava bene. La presenza di quella forza che accumula macerie gli dava una specie di esaltazione e lo rilassava. Le due cose possono stare insieme. Come quando sei vicino a una tempesta marina, ma al sicuro sulla riva. A un passo da forze mortali, ti senti capito.

Quando il momento era propizio (poco dopo la conta dei pazienti i sorveglianti si rilassavano), Filsero e Giovanni presero l'abitudine di sgattaiolare nella porticina abbandonata e salire fin là. Parlavano e mangiucchiavano. Di solito i famosi biscotti del manicomio, che Filsero si procurava chissà come. Allegri animali (credo fossero insetti) saltavano attorno a loro, apparendo e sparendo tra i fantasmi delle cose.

Il digiunatore era capace di assorbire gli entusiasmi degli altri e adattarli alla propria personalità. Lo faceva di continuo, con le persone a cui teneva. Il naufragio dell'umanità, di per sé, gli interessava poco. Ma se non c'è rivoluzione senza macerie, non ci sono macerie senza rivoluzione, pensava. Gli parve quindi di poter raccogliere i resti di quel naufragio e ricombinarli, farli risorgere in un futuro nuovo. Non è che sul momento pensò proprio così, più che altro era una sensazione che quel luogo gli suscitava.

«Dobbiamo trovare il modo di uscire dal manicomio» disse Giovanni.

«Ma io non voglio andare via». Filsero gli spiegò che gli piaceva essere gestito dai medici e contato dagli infermieri. Quelle sue fughe nella soffitta gli bastavano. Sussurrò che quel ripostiglio, il suo Paradiso Terrestre, era un deposito di segreti dimenticati.

Giovanni rispose: «Dimmene uno». Ottimista, sicuro di poter usare questi segreti a suo vantaggio, quindi per il bene dell'umanità. In quei momenti, un vento di curiosità spazzava la sua mente e la ripuliva dalle preoccupazioni. Non pensava più all'amico morto per colpa sua, alle accuse di blasfemia e truffa. A Ginevra sparita. Al fatto che nessuno rispondesse alle sue lettere e nessuno lo aiutasse.

Si metteva comodo e assorbiva i discorsi di Filsero, che gli raccontava la storia degli oggetti attorno a loro. Alcune di queste storie potevano anche apparire improbabili, ma solo perché il mondo è sorprendente. In ogni caso, vera era la forza che contenevano. Reali i loro effetti sul comportamento del nostro eroe. Fu proprio ascoltando una di queste storie che Giovanni decise dove sarebbe andato appena uscito dal manicomio. E cioè in Egitto. Il bello è che lo fece davvero. La sua possente ingenuità era pronta a tutto.

Leopardi e l'Egitto

Filsero parlava di Leopardi. E *con* Leopardi, in certi attimi favorevoli. Per questo motivo aveva detto «Veniamo qua da soli». Si riferiva a sé stesso e a Giacomo Leopardi, il poeta.

La nonna sussurrò a Giovanni: «Bah, Leopardi, te lo raccomando. Sai quante persone per bene ha rovinato».

Giovanni non ne aveva idea. Non leggeva poesie, a parte quelle che lo riguardavano.

Filsero sollevò un tappeto, spostò due insetti, rovistò dentro uno scatolone e tirò fuori due piccoli bicchieri e una bottiglia di un verde scintillante: assenzio Pernod Fils. Si misero a bere.

«Eccellente» disse Giovanni.

«Alla fata verde».

«Alla fata verde».

«Guarda dentro. La vedi?»

C'erano delle ombre che baluginavano nel liquido ma non era chiaro cosa fossero.

«Cosa? La fata verde?» chiese Giovanni.

«La mia pazzia. Esiste. Ma la tengo chiusa in questa bottiglia. Ne bevo un po' ogni tanto, visto che è mia».

«Molto saggio. Ti sei organizzato. Quindi qui stai bene».

«Anche quando sto male, sto male in un modo che mi aiuta. Non potrei farne a meno del modo in cui sto male qui».

Giovanni emise un sospiro di soddisfazione. Quando era incerto su come prendere qualcosa, emetteva un sospiro di soddisfazione, per prenderla bene.

Filsero disse che Leopardi da bambino aveva una governante che per farlo alzare da tavola diceva «Ialla, andiamo». Ialla è un modo di dire egiziano per far muovere i cammelli. Non si sa da dove venisse quell'espressione della governante, forse aveva frequentato un cammelliere. Fatto sta che il piccolo Leopardi si appassionò all'Egitto. «In Egitto ci sono i leopardi, come te» gli diceva la governante. E il giovane poeta pensoso si identificava con l'animale di cui portava il nome. Questa identificazione non poteva essere un caso. Nel 1812, cioè a quattordici anni, scrisse la tragedia *Pompeo in Egitto*.

Giovanni fu colto da un dubbio: come faceva il suo amico a sapere tutte queste cose? Forse era davvero il Filsero di cui parlava Leopardi. Esisteva cioè un contatto spiritico tra il poeta e il suo amico. Leopardi credeva in Filsero. Filsero credeva in Leopardi. Giovanni credeva a tutte le cose belle e carezzevoli, perché gli facevano bene.

Filsero disse che Leopardi, una volta cresciuto, scrisse la celeberrima poesia *L'infinito*, in cui il poeta si siede davanti a una siepe oltre la quale immagina l'infinito.

«Pensa te. E si siede pure. Buono a nulla» intervenne la nonna, che aveva un debole per gli uomini d'azione.

Oltre quella siepe, anche se nella poesia lo omette, Leopardi intravedeva le distese fantasmagoriche di un Egitto favoloso. La poesia finisce con i famosi versi «e naufragar m'è dolce in questo mare». Secondo Filsero in

questi versi, attraverso il racconto di un'esperienza indi-
viduale, il poeta *vede* il naufragio dell'umanità, i relitti
che ne derivano e dunque, in poche parole, la soffitta
della Lungara.

«Nipote mio, ma stai ancora ascoltando l'alienato?»
disse la nonna. «Lascia perdere queste sciocchezze. Per
fortuna hai sempre studiato poco. Sei troppo suggestionabile. L'unica cosa da dire è che Leopardi ha avuto una
vita schifosa. Su di lui gravava una maledizione».

Una maledizione! Giovanni non sapeva esattamente
cosa fosse. Ma suonava maledettamente bene. Leopardi
doveva essersela beccata in Egitto. Perché il poeta sì e lui
no? Decise di diventare un Leopardi forzuto. Resistente
non solo al digiuno, alle malattie, alle medicine, ai sedativi, alle droghe, alle percosse, alla calunnia, alle avversità
e alla pazzia. Ma anche alle maledizioni. Che magnifica
prova di forza! Prima possibile sarebbe andato in Egitto,
per sfidare le forze oscure. Ialla!

L'autorità

Languivano nella soffitta. Si abbandonavano alla calura, era un maggio caldo e profumato. Dalle finestrelle rotte entravano farfalle e ronzii. Galleggiavano nella calma. L'intero edificio del manicomio era un grande organismo materno che li cullava a occhi chiusi, con movimenti impercettibili. Filsero versò l'assenzio nei bicchierini.

Giovanni protese il braccio. In quello stato di rilassamento, traeva un intenso piacere dai suoi stessi movimenti.

«Eccellente».

«Scusa se non ho ghiaccio. Un biscotto della pazzia?» chiese Filsero porgendogli uno di quei famosi biscotti che loro avevano preso a chiamare in quel modo.

«Vada per il biscotto. Assaporiamolo come si deve. Al mondo non conta esserci, conta saperci stare, diceva mia nonna».

Filsero sospirò: «Amo tua nonna».

I loro dialoghi erano così: assurdi, arditi, rilassanti. Loro capivano cosa volevano dirsi, per questo forzavano le parole. Inebriati dallo stordimento, assorbivano qualcosa, una specie di succo del mondo, che altrimenti non sarebbero stati in grado di percepire.

«Ma è solo assenzio quello che mi dai da bere?» chiese Giovanni.

«Ci ho aggiunto qualche medicinale preso in prestito dall'ambulatorio».

«Hai fatto bene. Cosa dice Leopardi oggi?»

Filsero sorrise:

«Giacomo dice che il direttore vuole conoscere la composizione del tuo elisir».

Giovanni capì subito che non era uno scherzo.

L'organismo del manicomio aveva spalancato gli occhi per fissarlo: non erano buoni. Quello sguardo indiscreto voleva frugare nel segreto del suo elisir. Fino a quel momento l'autorità non aveva creduto all'esistenza dell'elisir. Ora cambiava idea. Perché? E soprattutto: come avrebbero frugato nel segreto del suo elisir? Non avrebbero frugato nel modo giusto. Il modo giusto era ascoltare la sua storia, intendere lo spirito del leone, assorbire (lentamente!) gli insegnamenti dello stregone. Ci volevano le lunghe sieste sognanti nella savana per tutto questo, e i lenti viaggi dei baracconi sugli Appennini. Invece i medici della Lungara, eroi scientifici del mondo nuovo, preparati, bene intenzionati, ottimi ragazzi, misuravano il tempo: dunque si sarebbero limitati ad analizzare la pozione. E Giovanni sapeva cosa ne sarebbe venuto fuori.

Filsero aveva imparato a leggere la sua faccia. Non si scompose. «Allora nascondilo» disse.

Quando, in quei giorni, i medici gli chiesero notizie dell'elisir, Giovanni rispose che non esisteva. Era solo una trovata pubblicitaria.

Appena tornarono in soffitta nascose in un posto sicuro la boccetta che conteneva il suo segreto.

Proprio allora ci fu un rumore per le scale. I muri fremettero.

Una porta si aprì con un boato, come l'avessero abbattuta. L'organismo del manicomio sputò una belva paonazza sul pavimento sussultante della soffitta.

«Vi spacco la testa» disse.

Era una Gigliola sudata e boccheggiante quella che li fissava dal folto delle sopracciglia inestricabili. Oscuramente attratta dal digiunatore, dotata di un fiuto formidabile, era riuscita a rintracciarlo nel nascondiglio. L'enorme soffitta era il cervello nascosto della Lungara e sovrastava diversi padiglioni. Infatti la donna non era entrata dalla stessa porta che usavano Giovanni e Filsero. La belva della Lungara cercava cibo e compagnia. C'era, nel digiunatore, una ingordigia in cui lei si riconosceva, una fame di vita che andava al di là dei biscotti e dell'assenzio.

«Vi spacco la testa» ripeté dilatando gli occhi e le narici. Era il suo modo di salutare.

«Vi ho trovato, bastardi» disse.

Giovanni cercava qualcosa da dire quando la porta da cui era entrata Gigliola si spalancò di nuovo. La donna era stata seguita da un esercito di infermieri. Non era una bella situazione. Dietro gli infermieri apparve un alienista che disse che abbandonare i percorsi stabiliti comportava serie conseguenze riabilitative.

Filsero si stava sentendo male, si contraeva in sé stesso.

«Immagina di non avere ossa» gli sussurrò il digiunatore.

Concentrandosi su questo esercizio Filsero si sentì meglio.

Il dottore chiese notizie dell'elisir.

«Quale elisir? Non crederà a quelle sciocchezze. Lei, un uomo di scienza».

«Io so dove l'ha messo, io so dove l'ha messo» urlò Gigliola indicando Giovanni.

«Dove?» chiese il dottore.

Il digiunatore fino a poco tempo prima voleva condividere il segreto dell'elisir con l'intera umanità sofferente. Ora sentiva che si trattava di un *suo* segreto. Era in balìa di quella donna terribile.

«L'ha versato nel Tevere» disse Gigliola trionfante.

Il dottore sorrise paterno alle parole della povera squilibrata.

Giovanni ripeté ancora: «L'elisir è solo una trovata pubblicitaria».

La donna che sembrava tradirlo l'aveva salvato per la seconda volta. E l'interesse dell'autorità per la magica pozione di Giovanni Succi, così come si era svegliato, si riaddormentò.

Fine del manicomio

C'erano lunghi periodi di noia. Dopo l'episodio della soffitta, alla noia si aggiunse la sonnolenza. Infatti l'autorità, nella sua saggezza, stabilì che i pazienti che andavano nelle zone proibite erano afflitti da energia in eccesso e dovevano essere sedati pesantemente, per aiutarli a restare nella retta via, sia pure barcollanti. Il digiunatore accolse questa magia chimica con una condiscendenza nuova. Avrebbe potuto resistere ai sedativi, naturalmente. Soprattutto se avesse digiunato. Invece mangiava, ingrassava, si lasciava andare al sonno e alla noia. Anche perché aveva sentito parlare di lobotomia orbitale, cioè gli volevano infilare un tubicino nell'occhio fino a raggiungere il cervello, per curare i suoi stati di esaltazione. C'era di mezzo anche quel prete che voleva guarire la sua blasfemia attraverso la chirurgia positivista. Nessuno desiderava fargli del male. Erano tutti pieni di buona volontà: una condizione pericolosa. Ma di tubi gli era bastato quello per la nutrizione forzata. E così sopportava tutto in silenzio.

Emerse in lui sua mamma, che aveva sopportato in silenzio per tutta la vita. Parlando con sé stesso parlò con lei: sentiva il rumore delle sue parole nella testa. Capì che

117

razza di spacconi esibizionisti popolassero la sua famiglia e perché avesse scelto di essere uno di loro: anzi il campione. Ma gli piaceva anche essere sua madre, per qualche tempo. E così respirava come lei. Annoiandosi divenne apatico, dunque sembrava normale. Questo era il fine del manicomio. L'autorità decise di dimetterlo.

Uscì il 4 settembre del 1883, «alquanto migliorato». Aveva piedi pesantissimi, strusciavano a terra. Rivestito da uno strato di grasso, se ne andava in giro protetto dall'involucro di un altro sé stesso. Chiese di Ginevra, nessuno sapeva dove fosse, neanche gli spiritisti, che lo accolsero con signorile vaghezza. Andò al ristorante dove si era esibito, il padrone gli disse che gli dispiaceva ma non poteva farlo lavorare ancora. Gente molto potente era contro di lui. In un angolo buio gli mise in mano una busta. «Questa è tua» gli disse.

Decise di tornare a casa, a Cesenatico, in cerca di qualcuno e qualcosa. Visto che era solo e non aveva niente. A parte il tempo da perdere. Poi aprì la busta: era piena di soldi. Oh be', qualcosa aveva. Erano bellissimi. Si ricordò dell'Egitto, un posto ricco di potenti maledizioni. Doveva andarci. L'aveva promesso a Filsero e, attraverso di lui, un po' anche a Leopardi. La congiuntura era favorevole. L'infinito a portata di mano. Sentì l'aria fremere attorno a sé, come una fata gentile. La respirò a pieni polmoni. Oh, sì. Ora, con una fata dentro, nulla poteva fermarlo.

L'albergo della rinascita

Al Cairo trovò lavoro come digiunatore in un albergo di lusso, frequentato da ricchi egiziani, funzionari europei e avventurieri dalle origini inventate. Il canale di Suez liberava fiumi di soldi che arrivavano fin là.

Come facesse a trovare così spesso l'occasione di esibirsi non si sa. Ma i suoi interlocutori intuivano in lui una forza indomabile e cercavano di nutrirsene. Era un mondo pronto a riconoscere il valore economico degli esibizionisti.

Comunque sia: eccolo di nuovo in Africa. Non era più l'Africa campestre dello stregone, dove la savana ricorda certe radure dell'Appennino mormoranti di insetti, nell'ora più bella, che è quella del caldo visionario, quando c'è solo chi pensa di meritarlo e assomiglia a un fantasma. No. Quella che conobbe in quei giorni era l'Africa d'oro, in grado di stordire chiunque con la propria opulenza.

Che edificio principesco! Giovanni non aveva mai visto niente di simile. Come entrò nell'atrio fu preso dal disorientamento. Tutto luccicava, non avrebbe saputo dire se era in cielo o in terra. La forma degli archi e dei soffitti parlava di una bella vita. Un'esistenza ultraterrena sulla terra. Lì Dio era sceso tra gli uomini e, senza fretta, aveva aperto un albergo.

Si sistemò nel parco, dentro una capanna in muratura costruita apposta per lui. Ci entravano giusto un letto, un tavolo, una sedia e un vaso da notte. Ogni punto dell'interno era visibile dall'esterno, dato che la capanna era recintata da un muretto basso e colonne.

Riprendeva, in miniatura, la forma della casa di Iside, indomabile divinità che, dopo che il marito Osiride muore e viene fatto a pezzi, riesce a incontrarsi con lui in un'altra dimensione e perfino a generare un figlio in grado di vivere nella nostra. Che storia: superare la materia per poi tornarci. Esattamente il genere di esperienza in grado di attrarre l'anima golosa del digiunatore.

L'alessandrina

Tra i fiori autunnali del Cairo spuntò una ragazza. Gli abiti di foggia europea, la carnagione candida, l'ombrellino, non poterono nascondere, agli occhi penetranti del digiunatore, la sua natura di sacerdotessa egizia. Gli rivolse parole sconosciute, una specie di canto, ma lui aggrottò le ciglia, si concentrò e comprese. Sì, ma certo: gli aveva chiesto cosa ci facesse rinchiuso in quella casetta, se aveva paura di uscire, grande e grosso com'era. Sembrava prenderlo in giro, ma senza cattiveria, con allegria. Tipico atteggiamento da sacerdotessa. Cercò di rispondere, facendo appello a quello che aveva imparato nei suoi viaggi.

«Guarda che sono italiana» gli disse lei.

Una notizia sbalorditiva. Che le sacerdotesse egizie potessero essere italiane non lo sapeva, ma il mondo è pieno di sorprese: questo, nonostante tutte le critiche che amiamo rivolgergli, non possiamo negarlo.

Veniva dalle campagne tra Trieste e Gorizia e utilizzava un linguaggio in cui si mescolavano l'italiano, il dialetto e altre parole imparate da quando era al Cairo. Ecco perché il suo strano discorso era suonato così famigliare. La donna lavorava per la famiglia di un diplomatico, faceva la balia. Cioè allattava un figlio altrui mentre i suoi crescevano lontano.

Era piccola, solida e attraente. La sua semplicità aveva qualcosa di imperioso. Quando lui cominciò a fare il galante, perché pensava di doversi comportare così, lei non sembrò impressionarsi né in senso negativo né in senso positivo. Era quasi sbrigativa.

«Spero di rivederla» disse lui.

«Oh be', lo credo bene, vengo qui tutti i giorni».

Abitava poco lontano, e quando aveva un'ora libera andava spesso a fare un giro nel parco dell'albergo, che era aperto al pubblico. Ora a maggior ragione, visto che si poteva godere gratis lo spettacolo di un omone grande e grosso chiuso in una casetta a non far niente.

Appena la donna sparì, Giovanni pensò di aver avuto una visione. Le donne italiane non andavano a fare le balie in Egitto.

Ma la balia italiana, che portava il bizzarro nome di Guerranda, non era un'esagerazione del digiunatore, e neanche un caso isolato. Era la normalità. Nella seconda metà del XIX secolo ci fu un'emigrazione di massa di donne italiane in Egitto. Venivano soprattutto dalla zona tra Gorizia e Trieste e andavano per lo più a lavorare ad Alessandria. Donne di origine contadina che lì diventavano badanti, cuoche, cameriere. Erano talmente tante che nel goriziano nacque un termine per definirle: Aleksandrinke. In Egitto invece, dove erano molto richieste per le capacità lavorative, erano dette «les Goriciens». Mandavano soldi a casa nella speranza di tornarci.

Nel corso di quell'autunno, Guerranda fece visita a Giovanni quasi ogni giorno. Si stupiva che avesse tutti quegli ammiratori che accorrevano a guardarlo mentre non faceva niente. Chiedeva dettagli su questa misteriosa attività. Lui rispondeva serio. Lei rideva e rideva. Il fatto è che il digiunatore, a molte persone, sembrava tonto. Dovendo scegliere tra l'intelligenza e l'immaginazione aveva scelto l'immaginazione ed era andato fino in fondo. Così a volte i suoi discorsi potevano risultare carenti di qualcosa. Tuttavia Guerranda, pur ridendo, era contenta per lui perché intuiva la sua potenza di sognatore. Avrebbe voluto assorbirne una parte: ne aveva bisogno. Non che non fosse forte e coraggiosa. Ma aveva una tale nostalgia di casa e di suo figlio che si sarebbe volentieri fatta possedere dallo spirito del leone, se questo avesse risolto le cose.

«Ti insegno a digiunare» le propose Giovanni.

«Ma figurati. Mi manca solo questo» rispondeva lei. Ma il fatto stesso di confidargli le sue pene la confortava.

Provava nostalgia. Una parola fatta di parole greche (νόστος e ἄλγος) ma inventata nel Settecento da un alsaziano. Eppure dentro di lei era molto più antica e molto più attuale. Il digiunatore era affascinato dall'intensità di questo sentimento, doveva essere inebriante. Cercò di provarlo anche lui ma, per quanto pensasse a Cesenatico Ponente e alle persone perdute, vedeva bene che il suo non era che una debole imitazione di quello dell'Alessandrina. Era un uomo rivolto al futuro. E anche al presente: le persone perdute le aveva sempre con sé, per cui non erano perdute. Cosa c'era di così bello e irrecuperabile nel passato di Guerranda? «Racconta» le chiedeva. Ma, per un'implacabile legge della comunicazione, più lei spiegava meno lui capiva.

La sacerdotessa del latte

A casa Guerranda zappava. Zappare è terribile, molto peggio che vangare. I suoi fratelli vangavano, lei zappava. Poi sgusciava fagioli secchi in questo modo: prendeva un palo, legato a un altro palo tramite un pezzo di cuoio, e con questo strumento percuoteva i fagioli secchi sparsi nell'aia, liberandoli dall'involucro. Chiamava questa attività fare il correggiato. A volte si dava un palo sulla testa e rimaneva tramortita. Ciò le consentiva di riposarsi. Puliva il pollaio. Spiumava i polli. Spiumare il papero è tremendo, diceva, con gli occhi luccicanti di nostalgia. Puliva le pannocchie. I guanti prima di venire in Egitto non sapeva cosa fossero, dalle sue parti non si usavano: mostrò al digiunatore i palmi delle mani, erano di cuoio. «Qua mi pagano quattro volte di più di quanto mi darebbero a casa, se trovassi lavoro». Lei mandava i soldi in Italia per pagare i debiti. «Perché non fai venire anche i tuoi fratelli a lavorare qua?» chiese il digiunatore. «Qua gli uomini non li vogliono. Solo le donne vogliono».

La sua era una famiglia di contadini. Gli uomini i soldi non li vedevano mai. Solo le donne vedevano i soldi, ogni tanto, quando andavano a vendere i polli. Forse per questo erano più furbe. Ma il mondo stava cambiando e

il fatto di non sapere bene cosa fossero i soldi li stava stri-
tolando. C'erano dei momenti, in quella vita... che non
riusciva a descrivere. Sulle aie di mattoni mettevano il
concio e il piscio delle vacche, diventava una superficie
smaltata, splendente.

Guerranda si nutriva di questi ricordi.

«Capisco la tua nostalgia» mentì Giovanni.

«Ma cosa vuoi capire tu».

Aveva un modo di prenderlo in giro che gli ricordava
sua nonna, forse ne era la reincarnazione. «Ma neanche
per sogno. Io sono qui» disse la nonna.

Ma qui dove? La nonna aveva sempre avuto un modo
bizzarro di ragionare.

Il digiunatore era un ascoltatore. Assorbiva i discorsi del
suo pubblico multiforme. In questo modo si fece una
cultura casuale. C'erano commercianti che erano lì per
il bruno di mummia: cioè un colore ricavato macinando
le mummie. Il bruno di mummia andò fuori commercio
solo all'inizio del Novecento. Chissà quante mummie
dormono nei quadri. Nel 1881 (cioè due anni prima dei
giorni di cui stiamo parlando) un pittore preraffaellita,
Edward Nurne Jones, zio acquisito di Kipling, quando
si rese conto del collegamento tra il colore e le mummie
corse a casa e dette degna sepoltura al tubetto.

I discorsi dei commercianti lo interessavano. Non
aveva mai smesso di desiderare il successo commerciale.
Ma subiva anche parecchi discorsi fastidiosi. Se in quei
momenti difficili era presente Guerranda, la balia, sensibile ai mutamenti di umore di Giovanni, ricominciava
a parlare della sua bella vita in Italia e gli consentiva di
salvarsi ascoltando solo lei. Era così attento e rapito, che

una volta lei protese una mano oltre il muretto e lo sfiorò con una carezza.

«Hai un marito in Italia?» le chiese lui.

«No».

«E il padre del tuo bambino?»

«Quello è un cretino».

Il digiunatore era talmente affascinato dalla balia che cercò di farsi venire il latte, con la forza della mente e la postura. Era un uomo capace di sentirsi donna. E aveva incontrato un popolo dell'Africa centrale, gli Aka, in cui gli uomini allattano al seno i bambini. Le sue mammelle si gonfiarono, uscì anche qualche goccia di latte. Poi basta. Forse perché non mangiava. Così raccontò. Immagino sia uno scherzo. Soprattutto perché, se gli fosse riuscito, avrebbe avuto a disposizione una fonte di nutrimento.

La spazzola

Il digiunatore aveva una spazzola con cui si spazzolava i coglioni in pubblico. Mi rendo conto che la frase risulta un po' forte ma non saprei come altro dirlo. Grazie a Dio, Giovanni se li spazzolava rimanendo vestito, agendo sui pantaloni.

Quali erano le ragioni dello spazzolamento intimo. La prima è la fame. Per quanto lo negasse, c'erano dei momenti in cui la fame lo assaliva. Capita ai digiunatori più noti.

«In quel tempo, Gesù fu condotto dallo Spirito nel deserto, per essere tentato dal diavolo. Dopo aver digiunato quaranta giorni e quaranta notti, alla fine ebbe fame» (Vangelo secondo Matteo).

In questa fase, di solito i santi vengono aiutati dalle tentazioni, demoni provvidenziali che li distraggono dalla fame. Giovanni, del tutto privo di senso del peccato, non poteva sperare in questo tipo di intervento esterno. Aveva escogitato vari modi per distrarsi. Uno di questi era lo spazzolamento. Una distrazione erotica per stimolare la virilità. Ma è anche vero l'inverso: si eccitava per sopportare il digiuno. Chiodo sciaccia chiodo.

Certo spazzolarsi è ridicolo, non c'è dubbio. Ma proprio in questo sta, credo, la seconda ragione. Nonostante i proclami altisonanti, a volte smetteva di voler redimere l'umanità, intuiva la propria intima natura di pagliaccio e ci si abbandonava. Erano i momenti migliori.

Stanley

Si distese sul letto aspettando l'arrivo del sonno. Invano. «Sonno, dove sei?» disse. Lo stregone gli aveva insegnato a rivolgersi al sonno. Non sempre funziona. Giunse invece l'immagine di Guerranda. Da come lo guardava, si accorse di essere ridicolo ai suoi occhi, e questo non gli andava bene. Ma quale pagliaccio! Desiderò essere un uomo di successo. Suo padre gli aveva trasmesso il gusto per l'avventura, il sogno degli affari e una certa tendenza al naufragio. Il giorno dopo raccontò alla Guerranda in carne e ossa le sue imprese commerciali. Voleva rafforzare in lei la sensazione di essere di fronte a un uomo reale.

Guerranda lo aveva ascoltato. Più lui si era sforzato di mostrarle il suo lato concreto, più quella concretezza assumeva un'esuberanza tropicale che la frastornava, perché lei veniva da una terra brulla ed era abituata a parole come pietre. Al massimo qualche lichene. Era colpita da quelle storie, non capiva se in positivo o in negativo.

In quel momento con la coda dell'occhio notò che Stanley stava fissando il digiunatore. Guardò meglio. Non c'erano dubbi: finalmente lo vedeva. Fu contenta per Giovanni.

«Ti sta guardando» gli disse.

Un passo indietro, per spiegare la situazione. In albergo soggiornava un «presunto» esploratore, così lo aveva definito il Succi. Invece l'esploratore era vero. Si trattava addirittura di Henry Morton Stanley, uno dei più famosi esploratori di tutti i tempi. Sarebbe più corretto definirlo un cercatore di esploratori, ma non puoi cercare un esploratore senza diventare esploratore tu stesso. Qualche anno prima, in qualità di giornalista, era andato alla ricerca di David Livingstone, esploratore ancor più famoso (oggi sepolto nell'abbazia di Westminster) che aveva scoperto le Cascate Vittoria, era tornato in Inghilterra, era ripartito alla scoperta delle sorgenti del Nilo e non dava più notizie da tre anni. Stanley lo aveva ritrovato sulle rive del lago Tanganica. Qui, secondo il racconto di Stanley, era avvenuto il famoso incontro dove Stanley aveva detto: «Il dottor Livingstone, suppongo». Frase simbolo del coraggio civilizzato. Dopo di che, insieme, avevano scoperto che le sorgenti del Nilo in quella zona non c'erano e questo aveva aggiunto gloria alla gloria.

Quest'uomo leggendario soggiornava in quell'albergo, si sedeva su una panchina nei pressi del digiunatore ma non lo vedeva. Se ne stava là, raccontava le sue avventure ai curiosi, ma per lui Giovanni non esisteva.

Non riusciva a vederlo perché Giovanni Succi gli sembrava un individuo volgare. Tra le molte sfide del digiunatore, c'era quella al senso del ridicolo. Questa battaglia poteva essere scambiata per volgarità.

Il primo giorno Stanley per un attimo l'aveva visto. Ma aveva colto il momento in cui Giovanni si spazzolava i coglioni: era troppo. Lo aveva disturbato la componente clownesca della questione, dato che ci teneva a essere serio. Ma ancora di più quella sessuale, che in Succi era piuttosto evidente.

A quanto leggo, Stanley durante l'infanzia era andato a finire in una specie di casa di correzione gestita da un ubriacone molestatore. Questo aveva segnato il rapporto di Stanley con la sessualità. I discorsi e i comportamenti di Succi, che assecondato da Guerranda vantava le proprietà afrodisiache del digiuno, non potevano che metterlo a disagio.

Però si sedeva nei pressi della casetta di Giovanni. Quindi ne era anche segretamente attratto. E un giorno, sentendo i racconti di viaggio del digiunatore, il muro era crollato.

Stanley si alzò e si avvicinò per parlargli. Un bell'uomo dallo sguardo penetrante. Aveva un volto nobile, la voce calda.

«Ma il suo celebre elisir?» gli chiese.

Che deliziosa domanda. Dunque non era vero che lo ignorava, anzi. Sapeva tutto di lui. Sentendosi considerato, Giovanni lo amò. Anche le critiche, le accoglieva con allegria. Secondo Stanley, la casetta in cui stava Succi non era propriamente una riproduzione del tempio di Iside, ma un ibrido che mescolava il tempio di Iside col cosiddetto Chiosco di Traiano.

Per Giovanni non era una grande obiezione. Ripeteva che Iside ripristina le anime dei morti, e così lui digiunando ripristinava la sua anima. Questo era l'importante. Chi poi fosse questo Traiano, e perché avesse un chiosco, non lo sapeva.

Dato che Stanley lo guardava con viva curiosità, anche lui guardò Stanley in modo nuovo. Divennero amici.

«Vi somigliate anche» disse Guerranda.

«Non è vero».

«Sì che è vero».

Aveva ragione lei, come può appurare chiunque confronti le foto dei due grandi personaggi. Solo che Stanley aveva un diverso cipiglio, risultato del diverso atteggiamento.

Gli parlava dei luoghi che aveva scoperto con Livingstone. Giovanni Succi riusciva a comunicare immaginando la lingua inglese. Per un uomo che intende parlare all'umanità, questo è il minimo.

La meraviglia e l'interesse di Giovanni Succi per i racconti del suo nuovo amico crescevano di intensità giorno dopo giorno. Stanley descriveva un'Africa che Succi non aveva mai visto, anche se era stato negli stessi luoghi.

«Ma cosa avete scoperto? In che senso? Non c'era già della gente?»

Stanley con tutta la buona volontà non capiva la domanda: certo, c'era qualche indigeno, ma loro li avevano scoperti.

Succi sapeva per esperienza personale che quei luoghi erano assai frequentati, e che nessuno straniero faceva molta strada se non veniva aiutato dalle persone del luogo.

«Ma in quel tal posto non siete stati aiutati dal tal principe?» chiedeva.

Stanley guardava nel vuoto e ripeteva che avevano fatto tutto da soli.

Aveva difficoltà a vedere le persone che lo aiutavano. Guardando i disegni dell'epoca, vediamo Stanley e Livingstone in primo piano, qualche capanno e un ragazzino nero riconoscente.

Stanley gli parlò delle Cascate Vittoria. Queste cascate erano state scoperte da Livingstone (senza Stanley). Dalla descrizione che ne faceva, Succi si rese conto di esserci passato due volte, solo che non si chiamavano affatto Cascate Vittoria.

Il fatto che Stanley non riuscisse a mettere a fuoco le persone diverse da lui non deve scandalizzare. Succede a tutti, solo che quando succede a noi non ce ne accorgiamo.

Stanley descrisse l'ennesimo posto in cui loro erano stati i primi bianchi a mettere piede.

«Ma lì ci abita João, è un mio amico!» esclamò Giovanni entusiasta.

Si riferiva a João Albasini, un uomo nato a Livorno ma di nazionalità portoghese. Aveva messo su un negozietto alla confluenza tra due fiumi. Ci abitava dal 1845. Ben prima dell'arrivo di Stanley e Livingstone, che ci erano capitati nel 1871. João si trovava benissimo. Natura generosa. Clientela affezionata.

Stanley non rispose niente. Al nome di João Albasini la sua reazione fu l'impassibilità.

«João!» ripeté Giovanni. Niente. Silenzio.

Oltre alla capacità di non vedere, Stanley aveva quella di non sentire. A poco a poco, si fece luce nella mente di Giovanni Succi: riconobbe il possente immaginatore che si nascondeva dietro la serietà di Stanley, intuì la forza che ci voleva per sostenere una simile finzione e lo ammirò per questo.

Un equilibrista

Sentì il vuoto, la mancanza di qualcosa. Ma cosa? Poi gli
tornò in mente la domanda di Stanley a proposito del suo
elisir. Ecco cosa gli mancava!

Per un'incredibile dimenticanza, il suo digiuno egiziano era iniziato senza l'elisir. Normale che avesse fame.
Provò alcuni trucchi collaudati. Prendere delle enormi
boccate d'aria e poi trattenere il respiro.

«Mangio l'aria» diceva. «L'aria mi basta. Specialmen-
te quest'aria luminosa. Mmm, buona».

Ne era convinto. La pratica non era priva di effetti mi-
surabili. In questo modo, credo, il suo cervello riceveva
ossigeno in quantità eccezionale, questo lo inebriava, lo
confondeva, gli dava alla testa, gli sembrava di volare, era
una specie di droga, semplice e naturale e – di solito – lui
non sentiva più fame. Ma stavolta non funzionò. «Non
sempre puoi rifugiarti in sensazioni già provate. Lo spirito del leone deve essere sempre in movimento, in equili-
bro sui cambiamenti» gli disse lo stregone.

«Non dare retta al ciarlatano straccione: mangia» gli
disse la nonna.

«Vecchia limitata» disse lo stregone.

Giovanni sapeva bene che sia la nonna sia lo stregone

se li stava inventando lui, diciamo che li rinnovava mentalmente, ma questo non li rendeva meno veri. Anzi: liberi dalle impurità della vita fisica, diventavano ancora più potenti. Sta di fatto che, nonostante si abbuffasse d'aria, per di più aria luminosa, la fame non passava.

Continuava ad avere fame e allora tese una corda a un metro dal suolo, tra le pareti della casetta, ci camminava sopra. Tali esercizi di equilibrismo gli permettevano di raggiungere un grado superiore di concentrazione, gli consentivano di assorbire il presente come fosse un nutrimento e dimenticare la fame, così disse. Vedere quest'uomo grande e grosso camminare sul filo con eleganza femminile era indimenticabile, per grandi e piccini.

Ma neanche questo bastò. Doveva arrampicarsi sul vuoto che sentiva, per superarlo.

Un giorno, prendendo tutti alla sprovvista, dichiarò che doveva andare sul Monte Ataka alla ricerca degli ingredienti per il suo elisir. Come facesse a conoscere il Monte Ataka, e perché pensasse che proprio lì vi fossero i suoi ingredienti, nessuno lo sapeva. Ma i proprietari dell'albergo, nonché responsabili del digiuno, acconsentirono. Avevano fiutato l'affare. Sarebbe stato accompagnato da persone incaricate di verificare che non mangiasse e da pubblico a pagamento. Soldi in più, pubblicità in più.

«Esplorazione col digiunatore alla ricerca del suo segreto» stava scritto sul volantino.

La montagna del latte

Certi posti sono più frequentati di quanto sembra. Anche le pendici del Monte Ataka erano abbastanza frequentate e i gitanti fecero diversi incontri. All'inizio il digiunatore non aveva intenzione di correre. La comitiva passeggiava e Succi cercava o fingeva di cercare le piante per il suo elisir. C'è chi dice che la misteriosa pozione consistesse in cloroformio, morfina, etere e cannabis, ed è difficile che intendesse procurarsi tutto questo alle pendici del Monte Ataka. Trovarono delle tende e un mercante arabo dal volto impassibile, senza fretta. Con lui il digiunatore mostrò una certa confidenza e parlarono in una lingua sconosciuta agli altri. Che il mercante gli abbia passato di nascosto qualche sostanza e che si conoscessero è possibile ma improbabile. La misteriosa confidenza mostrata dal digiunatore era piuttosto il suo atteggiamento istintivo verso l'ignoto. Vedeva sempre segni e corrispondenze. Il mercante tracciava linee nella sabbia e Giovanni riconobbe i segni che aveva visto in una ruota di legno al suo paese, da bambino. Questo gli diede la gioia familiare dell'enigma.

Poi, all'improvviso, senza dir niente, si mise a correre verso la cima della montagna. Corse, almeno così dicono, per nove ore! All'inizio i più giovani e forti corsero al suo fianco. Ce n'erano di ben allenati, erano stati scelti proprio per questo. Impossibile che un uomo che aveva superato i trent'anni ed era nel pieno del digiuno potesse correre più di loro. Invece: dopo un po' erano rimasti in pochi accanto a lui. Un altro po' e fu solo, anche se i più forti non smisero di seguirlo a una certa distanza. Certo lo vedevano lassù, e soprattutto vedevano che su quella montagna non c'era niente da mangiare.

Il digiunatore raccontò poi che aveva intravisto l'uomo-cavallo senza milza correre verso la cima e aveva voluto seguirlo. Una delle sue tipiche invenzioni, se la prendiamo alla lettera. Ma in senso figurato non trovo niente da ridire: che avesse voluto correre dietro a un mito della sua infanzia, diventando lui stesso l'uomo-cavallo senza milza, mi sembra plausibile. Quale miglior sistema, per incontrare un mito della tua infanzia, che diventarlo tu stesso?

Giovanni Succi, dalle fotografie, appare un tipo piuttosto massiccio, cosa che lo differenzia dai digiunatori ordinari, macilenti e scheletrici. Eppure volava, leggero come un bambino incantato.

Abbandonò il sentiero per procedere in linea retta, qualsiasi ostacolo trovasse. Realizzò così la prima salita a goccia d'acqua. Espressione inventata molti anni dopo dall'alpinista Emilio Comici: «Vorrei un giorno fare una via lasciando cadere una goccia d'acqua dalla cima e seguendone il percorso fino a valle».

La sete, l'arsura, la fatica. Era bellissimo. Ho letto di certi indiani d'America che correvano per venti chilometri nel deserto, con l'acqua in bocca, e dovevano portare a termine la corsa senza inghiottirla. In cambio si aspettavano visioni veritiere. Anche Giovanni sfidava la sete, convinto di ricevere qualcosa in cambio. Sentì lo stregone che diceva: «Quando arrivi in cima continua a salire». «Quando arrivi in cima riposati» disse la nonna. La montagna si ergeva come una siepe gigantesca e lui era un Giacomo Leopardi forzuto. «Non mi basta, non mi basta» urlava al suo corpo cigolante. Voleva sorprendere l'infinito oltre la gigantesca siepe.

Arrivato in cima vide il canale di Suez e il Mar Rosso. Sentì spalancarsi le acque. Si buttò a terra, si raggomitolò, chiuse gli occhi. Era un infante immenso, aveva uno smisurato bisogno di latte.

«Come Ercole bambino che in una notte ebbe bisogno del latte di dieci vacche» disse la nonna.

Aprì gli occhi e vide a poca distanza una piccola pozza lucente nella roccia. Acqua! Naufragare. Si avvicinò a quattro zampe e accostò la faccia. Era un liquido denso e biancastro, schiumoso. Immerse la faccia e lo bevve tutto. Sembrava latte, un latte prodotto dalla terra. Si sentì subito benissimo. Non aveva più sete, e neanche fame. La fatica era sparita.

Quando arrivarono i suoi inseguitori boccheggianti (solo tre ce l'avevano fatta) Giovanni Succi era seduto con aria amabile su un masso, pronto a fare conversazione. Uno dei tre, un ragazzo atletico e pensoso, rimase talmente affascinato dall'impresa sportiva che lo ritroviamo organizzatore delle prime Olimpiadi dell'era moderna, nel 1896.

Veleno 1

Nascono uomini inarrestabili. A volte è bene, a volte è male. La loro inarrestabilità non ha a che vedere con il buon senso.

Di ritorno dalla montagna, Giovanni Succi riprese a soggiornare nella sua casetta a forma di tempio. Il cubo, la chiamava.

«Bere il tuo latte ha moltiplicato la forza del leone» sussurrò di nascosto a Guerranda.

«Ma tu non hai bevuto il mio latte, scemo».

Aveva sovrapposto il corpo della ragazza all'immagine della montagna. Non le rispose. Non amava le smentite.

«Mi sento invincibile» disse.

Si fece portare dei veleni, ingerendoli teatralmente di fronte al pubblico. Il suo corpo non sembrò risentirne, ma le persone non erano impressionate da questa dimostrazione di forza come avrebbero dovuto.

«Vecchio mio, il veleno non si vede» gli spiegò Stanley un pomeriggio, mentre fumavano insieme. Ormai erano amici.

Succi posò il sigaro e gli mostrò la boccetta con il veleno: certo che si vedeva.

«Vedo una boccetta. Come faccio a capire che è veleno? Il veleno deve essere visibile» disse Stanley.

Questo insegnamento si piantò nella mente del Succi con la forza di un enigma. Si sedette, riprese a fumare e aspettò fiducioso la soluzione, che si rivelò semplice.

«Il mondo è un serpente velenoso, devi incantarlo» disse la voce dello stregone nelle volute del fumo.

Ci fu allora la storia del serpente: un cobra, se poi era un cobra. Giovanni Succi se ne fece portare uno che teneva in una cesta di giunco del Nilo, come aveva visto fare in molte illustrazioni degli incantatori.

Ci giocava.

«L'ho preso sulla vetta del Paradiso Terrestre» mentiva.

«Ora voglio farmi tentare» prometteva.

Il rettile, un magnifico soggetto, era caratterizzato da una certa irritabilità. Ma Succi riusciva a calmarlo. Gli scatti nervosi dell'animale gli ricordavano quelli della nonna quando dilatava il collo e esclamava: «Mi state facendo venire l'esaurimento nervoso». Così fingeva di avere a che far con la nonna. Era morta, sì, ma era fermamente convinta di essere viva. E quando la nonna era convinta di qualcosa era impossibile farle cambiare idea. Così si manifestava nel cobra.

Per quanto questa teoria ci appaia debole, aveva un effetto concreto: Giovanni trattava il cobra con familiarità e questo si vedeva. Quando chiudeva la cesta, lo faceva con dolcezza e rispetto. «Lasciamoci contagiare dall'energia dormiente» diceva.

Alla fine si fece mordere, ma non ne risentì.

«Anzi, mi sento meglio. Posso vivere nell'impossibile» dichiarò.

Pubblico in delirio. Gli spettatori si moltiplicarono e fu necessario limitare l'accesso al parco. Volevano conoscere il segreto dell'immortalità. Giovanni mostrava due buchi nella mano che erano, disse, i segni dei denti. Muoveva la mano tracciando disegni invisibili nell'aria e incantando la folla.

C'è chi ipotizza che il serpente fosse un cobra sdentato, o non fosse affatto un cobra, ma un serpente innocuo ridipinto. Dicono anche che fosse un cobra talmente vecchio da aver raggiunto la saggezza e abbandonato il veleno.

Il console italiano

Non è che il successo del digiunatore provocò problemi di ordine pubblico, ma un po' di confusione ci fu. Così, Succi fu convocato dal console italiano, preoccupato per gli effetti negativi che potevano risultare dalle azioni del connazionale.

Si presentò nell'ufficio del console convinto che fosse il momento della consacrazione. Le autorità, infine, riconoscevano la sua gloria. Era ora. Il console gli offrì un liquore e dei biscotti, così li chiamò poi il digiunatore. Mi spiegano che dovevano essere piccole fave ricoperte di olio d'oliva, limone e cumino. Comunque non importa, il punto è che gli offrì da mangiare, dimostrando di non prendere in considerazione la sua natura di digiunatore.

«Grazie, non mangio durante i digiuni».

Questa risposta piacque al console. Costui era un uomo di pacata eleganza, che ne aveva viste tante, e altrettante intendeva vederne. Si era preparato ad ammansire un invasato, invece Giovanni Succi gli apparve ragionevole.

Secondo alcuni informatori del console, Giovanni avrebbe avuto a che fare con il commercio dell'oppio per conto della Compagnia delle Indie, in concorrenza con la

Cina. Avrebbe fatto uso di laudano, a base di oppio e alcol, e addirittura sarebbe stato tra i primi al mondo a sperimentare un altro ben più temibile derivato dell'oppio: l'eroina, sintetizzata nel 1874. Ma per quanto il console lo interrogasse abilmente, durante la conversazione non emerse nulla a riguardo. Anche perché Giovanni Succi era molto bravo a parlare solo di ciò che gli interessava. Parlò a lungo dei suoi affari africani, spiegando amabilmente che aveva dei possedimenti dalle parti di Zanzibar che gli erano stati espropriati per via di un equivoco con il sultano, ma sperava di rientrarne in possesso. L'impressione di ragionevolezza provata dal console si rafforzò.

Poi il digiunatore operò uno di quegli scivolamenti di cui era maestro inconsapevole. Da un discorso perfettamente concreto passava a un altro, meno fondato, solo che l'interlocutore, ipnotizzato dalla concretezza iniziale, ci metteva un po' a realizzare il passaggio nell'altra dimensione. Dopo aver parlato a lungo di sé, spiegò che era lieto di essere lì perché il console lo avrebbe potuto aiutare a risolvere una certa questione.

«Ma certo» rispose il diplomatico, gentilissimo.

«Desidero soggiornare dentro la piramide di Cheope».

Il console inarcò le sopracciglia.

«Dentro?»

«Si dice che le piramidi siano tombe» continuò il digiunatore.

«Infatti» convenne il console, cercando di avere quel tono comprensivo che tanti successi gli aveva portato nella vita.

«Tombe? Ma quali tombe! Basta con questa finzione» disse Giovanni.

Spiegò che le piramidi non erano affatto tombe, come

si riteneva erroneamente, ma luoghi in cui i faraoni entravano vivi, per resistere alle privazioni nell'oscurità e rafforzarsi. Il console non riuscì a evitare una espressione incredula. Mentre il digiunatore andava avanti, la rassicurante atmosfera di concretezza dovuta ai discorsi sugli affari si sgretolava. Avvertì una sensazione di allarme. Forse nel cunicolo buio lo attendeva del cibo messo là da qualche complice? Sarebbe stato il male minore. Il peggio, invece, era che Giovanni Succi sembrava sincero.

Il console cercò di farlo ragionare. Come faceva a dire che le piramidi non erano tombe? Che erano luoghi in cui i faraoni andavano a sperimentare la privazione per potenziarsi? Non aveva elementi.

«Eccome se ho elementi» rispose Giovanni Succi, brandendo la frase come se questa fosse essa stessa un elemento. Si diceva che i faraoni erano divini? Ebbene: non si trattava di favole. Era vero. Ma non erano divini *prima* di entrare nella piramide, lo erano quando ne uscivano. Erano proprio le privazioni a renderli divini. Sospettava, inoltre, che le piramidi fossero congegni per trascrivere i sogni, come dimostravano i geroglifici.

«E le mummie?» chiese il console, cauto di fronte a quello sguardo allucinato.

Chi lo sa: forse servivano per amplificare i sogni dei soggiornanti. O per collegare i loro sogni a quelli che venivano dal regno dei morti. Conosceva il console i sogni dei morti e i loro effetti su quelli dei vivi?

Il console, improvvisamente stanco, fu costretto ad ammettere che non li conosceva.

Il digiunatore provò una sensazione di trionfo: la sua teoria era dunque dimostrata.

La convinzione assoluta di Giovanni Succi non prometteva niente di buono. Gli uomini inseguono i pazzi e i buffoni, e Giovanni Succi aveva qualcosa dell'uno e dell'altro. Rischiava, dunque, di diventare un condottiero di anime. Ci mancava solo che tutti si mettessero in testa di diventare divini rinchiudendosi al buio e danneggiando il commercio dei generi alimentari. Il console pensò che avrebbe dovuto farlo visitare da un alienista. Ma si accorse di non averne voglia. Si limitò a dirgli che, per quando riguarda il soggiorno all'interno della piramide, vigeva il divieto assoluto. Si raccomandò di non parlare a nessuno delle sue teorie. Vista l'importanza della sua personalità, lo lusingò, per il momento era meglio tenerle segrete. Poi lo congedò. Aveva paura: il dramma degli uomini ragionevoli al cospetto dei profeti.

La maledizione

«Stai bene?» chiese Guerranda.

«Sì, penso di sì» rispose lui con un filo di voce.

«Non mi sembra».

Non sembrava. Giovanni se ne stava lì, disteso, inerte, un altro.

Dopo l'incontro col console aveva avuto un crollo nervoso. Nel tono e negli sguardi del diplomatico aveva colto una sfiducia nei suoi confronti. La delusione era stata così forte che era caduto in uno stato catatonico. Prima di caderci lo aveva sentito arrivare. Visionario ma previdente, aveva ordinato una cassa di legno che aveva chiamato il sarcofago, l'aveva sistemata sul letto e ci si era disteso dentro solennemente, come un faraone.

I più ingenui pensarono fosse inedia. In realtà era depressione. Un tipo spettacolare di depressione. Sentendosi morire, grandioso buffone fino all'ultimo, capace sempre di tramutare la fine in inizio, tentò il trucco supremo. Il numero del morto che risorge.

Ogni tanto, quando Guerranda andava a trovarlo, lui apriva gli occhi e mormorava: «La maledizione».

Infatti era il desiderio di sfidare una maledizione che

lo aveva portato in Egitto. In realtà, né lui né Guerranda sapevano esattamente cosa fosse una maledizione. Neanche noi lo sappiamo. Guerranda, donna pratica, capì che lui *voleva* una maledizione. Così si procurò un coccio con un'antica scritta, comprandolo o rubandolo in un negozio di antichità e pietre preziose. Disse al digiunatore che veniva dalla Valle dei Re e glielo regalò.

«Ecco la tua maledizione».

«Questa è una maledizione?» chiese il digiunatore soppesandolo con nuovo interesse.

«Certamente».

L'idea di Guerranda, quella di regalargli una maledizione, fu un'intuizione geniale, tenerissima. Un imbroglio per amore. Giovanni potendo circoscrivere il suo malessere riuscì a sfidarlo. Una volta che fu in grado di lanciare la sfida aveva già vinto. Tenne con sé il coccio per qualche ora, guardandolo. Poi lo lanciò lontano. Dopo di che si sentì meglio e in breve recuperò le forze. Riuscì a risorgere senza neanche essere morto, il che rende l'esercizio ancora più difficile.

Sfidando la maledizione la creò. Infatti questa idea relativa a una maledizione nella Valle dei Re cominciò a circolare, fino a cristallizzarsi nella leggenda della maledizione di Tutankhamon, la cui tomba fu scoperta nel 1922.

La cacciata

Dopo aver convertito l'insuccesso in maledizione e aver scagliato la maledizione lontano, Giovanni Succi riprese la sua vita. Le gite col digiunatore erano richieste, fu organizzata un'escursione alle piramidi. Guerranda non andò, perché doveva lavorare, e poi il suo disinteresse per le piramidi era assoluto. Le considerava divertimenti per gente ricca. Non potendo entrare nella piramide, il digiunatore ci salì sopra a grandi balzi. In questo modo replicò la scena della montagna. Nel corso della sua carriera, molte volte durante un digiuno salì a grandi balzi su qualcosa. Giovanni Succi cercava la ripetizione perché sapeva che era questo che la gente si aspettava da lui. Quando invece si lasciava andare totalmente al suo estro le variazioni erano troppe e troppo repentine, le persone rimanevano disorientate. I suoi digiuni erano rituali per dare un ritmo alla vita, per renderla riconoscibile.

Arrivato in cima, protese le braccia verso il cielo e proclamò la verità: che le piramidi non erano tombe ma luoghi in cui amplificare i sogni e esercitare le privazioni. Ma solo il sole di maggio, alto sopra di lui, bellissimo, abituato a tutto, lo sentì. Le persone erano troppo sorde e lontane. Nessuno lo sentiva. Scese e ripeté la rivelazione, contravvenendo alle indicazioni del console, che gli aveva ordinato di non farne parola con nessuno. «Pensa quello che vuoi, ma non dirlo» gli aveva detto.

Giovanni diceva che tutti coloro che credevano in lui e desideravano la forza dovevano iniziare una vita di sogni, balzi e privazioni, quando gli cascò da una tasca una figurina Liebig. Una di quelle figurine che pubblicizzavano la polvere di carne condensata. A causa di questo incidente si sparse la voce che era stato sorpreso con carne condensata in tasca. In realtà non era vero, lui aveva solo la figurina e le figurine non si mangiano. Le voci sono inarrestabili e gli invidiosi, digiunatori mancati, spuntano ovunque. Iniziò una campagna diffamatoria contro di lui.

Esiste un'altra ragione, più pratica, che contribuì ad accrescere il numero dei detrattori.

In quel periodo, non si sa con quali soldi, aveva cercato di acquistare il più importante servizio postale d'Egitto, che si chiamava Posta Europea. Nel 1820 un livornese, Carlo Meratti, aveva istituito ad Alessandria d'Egitto un servizio postale tra l'Egitto e l'Europa. Efficiente da subito, col tempo questo servizio era diventato sempre più importante coinvolgendo non solo Alessandria ma anche il Cairo e poi tutto l'Egitto ed oltre. Ci fu un periodo in cui le cassette della posta in Egitto recavano la scritta in italiano «Buca per le lettere» dato che venivano tutte da Livorno.

L'interesse del digiunatore per il servizio postale egiziano (anche se si chiamava europeo) non piacque a certe persone che erano coinvolte nel gigantesco affare e dunque contribuirono a diffondere voci calunniose.

Giovanni Succi reagì straparlando più del solito e ricorrendo, come gli capitava in situazioni di tensione, a espressioni volgari di particolare vigore che dettero un bel da fare ai traduttori.

Il Console fece visitare il nostro eroe da Bruno Battaglia, alienista al Cairo. Il 19 maggio 1885 Bruno Battaglia lo dichiarò affetto da monomania o paranoia ambiziosa. Il digiunatore fu impacchettato e rispedito a Roma, nel manicomio della Lungara, senza neanche poter salutare Guerranda.

L'Osservatore

Il digiunatore aveva fame di tutto ma doveva sempre fare a meno di qualcosa. Fare a meno della sanità mentale lo liberava da un peso. Non si può dire che in manicomio stesse bene. Ma ormai credeva di conoscere i meccanismi dell'Istituto e aveva bisogno della sofferenza che dava forma a quel luogo. Quei corridoi, quelle urla, quell'abbandono. Quell'insensatezza di tutti. Fu come tornare. Non proprio a casa, ma in uno di quei luoghi a cui apparteniamo, perché ci fanno paura. Altrimenti non si spiegherebbe il manifestarsi di uno schema che, nel corso degli anni, si ripeterà in varie parti del mondo: digiuno, successo, manicomio.

Succi raccontava che dal Cairo fu mandato subito in manicomio. Ma dai documenti ufficiali risulta che Bruno Battaglia lo visitò il 19 maggio, mentre il suo ingresso alla Lungara è del 30 novembre. Sette mesi in cui non sappiamo cosa abbia fatto ma in cui avrebbe potuto far perdere le sue tracce. Non dico che si sia recato in manicomio volontariamente, ma è possibile pensarlo. Del resto fu accolto come un eroe da Filsero e da tutti quelli che gli volevano bene, perfino da Gigliola, l'abominevole belva della Lungara che – stando ai suoi racconti – una volta incontrandolo nei corridoi quasi gli sorrise.

Filsero gli chiese: «Com'era il mondo oltre la siepe?»

«Infinito» rispose e si lanciò in lunghi racconti dell'Egitto, un luogo pieno di maledizioni piramidali che lui aveva sfidato e vinto.

«Come avrebbe fatto Giacomo Leopardi?» sorrise Filsero.

«Esattamente come lui».

Tra loro non si prendevano alla lettera, dunque si capivano.

Il suo amico gli riconsegnò la boccetta dell'elisir, che aveva conservato come un tesoro, con tutto il sentimento. Era vuota e non aveva utilità pratica ma era importante. Un simbolo dotato di consistenza fisica. Negli anni successivi, bevendo a quella boccetta, gli sembrava di bere una boccata di sentimento. Con un tocco di manicomio, un ambiente di cui oscuramente aveva bisogno. Non era pazzo e in più d'una occasione ribadì che non aveva alcuna simpatia per i pazzi veri, corporazione insopportabile verso cui la nonna l'aveva sempre messo in guardia. Eppure, anche questo è vero, gli faceva una fatica tremenda confrontarsi con gli uomini sani di mente. Per questo quando lo faceva esagerava.

Risultò che le leggi che governavano l'Istituto non erano immutabili, infatti c'erano delle novità. Un tipo che Filsero chiamò l'Osservatore portava via i pazienti. Il primo a essere preso era stato un uomo magro e stralunato che per sopravvivere ai turbamenti interiori si appendeva ai tubi del soffitto per i lunghi capelli e ci poteva stare un sacco di tempo. L'Osservatore aveva detto: «Questo è perfetto» e l'aveva portato via con il consenso degli infermieri. L'episodio aveva diffuso preoccupazione e paura. Cosa era successo? Probabilmente gli avevano fatto lo scalpo.

Poi però l'uomo era tornato e aveva raccontato una verità diversa. «Mi hanno portato dentro una grande tenda piena di gente e lì mi hanno appeso a un palo, per i capelli. La gente applaudiva».

Il racconto sembrava inverosimile: più probabile che gli avessero fatto lo scalpo e fosse morto.

«Sono vivo» aveva detto. Il fatto che fosse vivo deponeva a favore della sua versione dei fatti.

Filsero raccontò questa storia al digiunatore che fu preso da un dubbio: quella non era una delle solite storie di Filsero, non aveva niente di fiabesco.

«Perché mi racconti tutto questo?» chiese.

«Perché l'Osservatore ha chiesto di te».

Il futuro

La malattia è uno spettacolo, per chi non ce l'ha. È questo che Giovanni Succi imparò dall'Osservatore. Un insegnamento di cui fece tesoro.

«Domani l'Osservatore verrà a prenderti. Sono preoccupato. Ti toglieranno lo stomaco per vedere come è fatto?» chiese Filsero.

«Ma no, e se anche succedesse me lo faccio rendere. In Egitto ho imparato a togliermi e rimettermi gli organi, è una cosa che facevano quelli che andavano a sognare nelle piramidi».

Filsero parve sollevato. Il digiunatore meno. Non sempre riusciva a incantare sé stesso con le sue storie, a volte le diceva solo per gli altri. In questo caso l'aveva fatto per generosità, per rassicurare una persona a cui voleva bene.

«Dall'Egitto sono tornato qua per te. Ma ora devo andare. Addio».

«Addio ma ci rivediamo?»

«Addio ma ci rivediamo».

Poteva avere le sue stranezze, ma per quanto riguarda i meccanismi del manicomio, Filsero non sbagliava mai. L'Osservatore arrivò e prese Giovanni. Era un tipo allegro e convinto. Sono i più pericolosi. In carrozza con lui, Giovanni decise di sopraffarlo, balzare fuori e fuggire. Era sul punto di spiccare uno dei suoi celebri balzi felini quando l'Osservatore lo fermò guardandolo negli occhi. Non per niente era un osservatore.

«Ti porto verso il futuro».

Lo disse in modo così convincente che il digiunatore rinunciò a fuggire, per curiosità. Cos'era questo futuro di cui parlava? Cosa voleva da lui? Lo scoprì presto.

L'Osservatore prelevava i soggetti più interessanti dai manicomi e li faceva esibire nei più vari contesti di fronte a un pubblico pagante. Era normale, all'epoca, far esibire personaggi dalla struttura fisica inusuale, gli individui caratterizzati da ossessioni spettacolari e i portatori di talenti eccentrici. L'equivalente immobile dell'esotico. Un esotismo senza viaggio.

Non so con quale diritto l'Osservatore vagasse per i manicomi, se avesse una preparazione medica o una qualsiasi preparazione, non so neanche chi fosse. Non sono riuscito a risalire al nome. Ma non c'è dubbio che fosse un uomo pieno di idee e con un certo istinto per lo spettacolo.

La loro destinazione si rivelò un piccolo circo itinerante in periferia. Nel centro dell'arena si esibivano gli artisti stabili del circo: acrobati, giocolieri, clown e domatori. Ai margini dell'arena c'erano due gabbie, posizionate a pochi metri di distanza l'una dall'altra. Una era per il digiunatore, l'altra era per Gigliola.

«Gigliola non va bene. Ribattezziamola» disse l'Osservatore. Davanti alla gabbia fece scrivere *Zorza la belva della Lungara*. Giovanni si esibiva digiunando, Zorza si esibiva divorando ogni razza di alimento. Contemporaneamente. Una coppia perfetta.

Il circo

L'esibizione durò pochi giorni. Considerando l'arte di Giovanni Succi, ciò è sorprendente: un digiuno di pochi giorni è alla portata di tutti e non vale il prezzo del biglietto. Ma il direttore del circo ripeteva a gran voce che il digiuno durava da un mese e il pubblico ci credeva.

Quando tornarono alla Lungara e raccontarono la loro esperienza, l'atteggiamento dei pazienti verso l'Osservatore cambiò. Prima era un personaggio temuto, un rapitore. Ora erano in molti a desiderare di essere scelti. Il circo rappresentava un diversivo, rispetto al manicomio, e alla fine erano stati pagati, anche se poco.

Gli ospiti della Lungara credettero di trovare un ruolo e un riconoscimento nella spettacolarizzazione dei loro disturbi mentali. Ci fu anche chi li esagerò per essere preso. Il pubblico, combattuto tra attrazione e repulsione, reagiva con ambiguo entusiasmo.

Nonostante ci fossero pazzi più spettacolari di loro, Giovanni e Zorza vennero richiamati molte volte. Piacevano. Erano pazzi equilibrati. Altri erano impressionanti, inadatti alle famiglie.

Dopo un po' Zorza riprese con i suoi accessi di rabbia.

Solo il digiunatore riusciva a calmarla. Stavano diventando amici.

«Mostro» le diceva.

Lei arrossiva.

«Deglutisci» le diceva. Lei deglutiva e la rabbia scendeva.

«Non voglio essere così» gli disse Zorza una volta che parlavano nella soffitta del manicomio, c'era anche Filsero.

«Così come».

«Lo sai come. Non voglio arrabbiarmi e mangiare così tanto. Mi daresti un sorso del tuo elisir?»

Lui si commosse e le fece bere un sorso. Fu l'unico caso.

«Sei fortunata perché l'ho appena rifatto» le disse porgendole la boccetta. Non è dato sapere se fosse vero o se ci fosse un liquido qualsiasi. L'effetto però fu eccezionale. Zorza cominciò a mangiare meno e a dimagrire. Lui le insegnò a controllare la digestione con il respiro.

«Devi immaginarti di essere bella» le diceva.

«Mi prendi per il culo stronzo testa di cazzo?» obiettò lei con un sorriso furibondo.

«Ma no, voglio dire. In Africa mi sono fatto male al dito. Il male non passava. A forza di immaginare che il dito stava bene e che lo muovevo normalmente ora il dito sta bene e lo muovo normalmente».

«Mi sembri completamente suonato».

Ma gli dette retta. Al punto che dimagrì, perse il lavoro nel circo, non la chiamarono più. Divenne bellissima. Uscita dal manicomio sposò un miliardario americano e si trasferì a New York, vivendo una vita spero felice, sicuramente brillante.

L'educazione dei deficienti

Un giovane medico ottenne l'autorizzazione per incontrare il digiunatore. Si chiamava Sante de Sanctis. Si era appena laureato con una tesi sull'afasia. Giovanni Succi gli interessava perché alternava frequenti periodi di loquacità a rari giorni di mutismo. Purtroppo per Sante de Sanctis, durante i loro numerosi incontri Giovanni Succi non attraversò mai una delle sue fasi mute, fu anzi un piacevole conversatore e disse: «Dovete capire che quando uno sta zitto non vuol dire che sia malato. Anzi. Chi sta zitto ha le sue ragioni».

Questa profonda verità deluse le aspettative del medico che, nella vana attesa che si zittisse, passò a porgli domande sui sogni: aveva infatti intuito che non erano scorie da niente, ma messaggeri. Cosa sognava Giovanni Succi in generale e cosa sognava durante i digiuni?

Giovanni all'inizio fu cauto, non sapeva cosa rispondere. Evitò di parlargli delle piramidi come congegni per amplificare i sogni e della macchina che aveva ideato per trascriverli. Aveva imparato a sue spese che a volte le grandi idee non fanno una buona impressione. Doveva aspettare il momento propizio per proporle al mondo. Dopo la delusione egiziana aveva smesso di sognare. For-

se sognava talmente tanto a occhi aperti che dimentica-
va i veri sogni notturni. Ma il giovane medico era così
entusiasta! E se c'era una virtù che colpiva il digiunatore, questa era l'entusiasmo, che è una forma di coraggio.
Così si lasciò andare e inventò sogni interessanti per l'entusiasmo dello psichiatra, che forse se ne accorse ma non
lo dimenticò mai.

Un effetto inaspettato fu il fatto che, davvero, Giovanni cominciò a sognare di più o comunque a ricordar-
sene. Ebbe un'idea formidabile: scrivere le recensioni dei
sogni. Li annotava sul diario e li commentava con frasi
come «cambia il finale», oppure «la parte centrale fiac-
ca», o ancora «manca l'inizio». Si proponeva infatti di
modificare i sogni, di ritoccarli, immagino si riferisse soprattutto ai sogni ricorrenti. Ce n'era uno in cui l'esploratore Stanley gli parlava ma lui non riusciva a sentire le
parole, vedeva solo il movimento della bocca. Giovanni
deplorò l'assenza di sonoro nel dialogo e si ripromise di
rimediare.

Tutto questo sognare o fingere di sognare gli rime-
scolò le idee, lo portò a ripensare alle cose, un atteggiamento inedito per lui.

«Dottore, da chi avete saputo che ho giorni di mutismo?» Non era, infatti, una cosa che sapevano in molti.
Giovanni era conosciuto come un grande parlatore, pro-
digo di racconti straordinari.

De Sanctis non voleva parlare ma parlò, lo sguardo
di Giovanni Succi era troppo intenso. Passava dal cipiglio alla dolcezza come – pare – lo sguardo di Beethoven,
e ti induceva a dire tutto. Il medico sapeva molte cose
perché gliele aveva riferite Ginevra, la spiritista isterica
(sia detto senza offesa: la definivano così) forse amata dal

digiunatore. De Sanctis era lo psichiatra di Ginevra. Il digiunatore concluse che lei doveva essere segregata da qualche parte, per questo non riceveva sue notizie. Se la immaginava chiusa in cima a una torre, come una principessa pazza delle fiabe.

Più probabile che Ginevra non lo contattasse per sua scelta. Come molti grandi personaggi, il digiunatore era affascinante da lontano ma pesante da vicino. Certo è che, da quando seppe che Sante era il medico di Ginevra, concluse che era stata lei a mandarlo ed ebbe un motivo in più per inventare i sogni. Era sicuro che il dottore glieli avrebbe raccontati e questo avrebbe creato un ponte tra loro due. Inventò sogni molto romantici e questa fu, a suo modo, una storia d'amore. Alcuni di quei sogni inventati riuscì perfino a sognarli davvero.

Nel 1899 uscì (oltre al libro sui sogni di de Sanctis) anche *L'interpretazione dei sogni* di Freud, che evidentemente conosceva il lavoro di de Sanctis e ci aveva riflettuto bene, visto che lo definì «straordinariamente povero di idee, povero al punto da non far nemmeno intuire la possibilità dei problemi da me trattati».

Sante de Sanctis diventò, insieme a Giuseppe Ferruccio Montesano e Maria Montessori, uno dei fondatori della psichiatria infantile italiana. Scrisse libri importanti come *L'educazione dei deficienti* e *La mimica del pensiero*, in cui mise a frutto gli insegnamenti ricevuti durante le conversazioni con Giovanni Succi, che ruppe le barriere tra malato e medico contribuendo alla storia della psichiatria come paziente e come pensatore, con l'esempio e con il pensiero, con la sua idiozia e con il suo genio.

La regina Vittoria

Giovanni Succi scrisse una lettera alla regina di Inghilterra chiedendole che lo facesse uscire dal manicomio se voleva evitare spiacevoli conseguenze. Tra i testi lasciati dal digiunatore, questo è uno dei più contraddittori, forse perché il suo amico Filsero collaborò alla stesura. Ma è anche uno dei più interessanti. Giovanni doveva esserne fiero, infatti pretese che una copia venisse conservata nell'archivio della Lungara. E questa per noi è una bella fortuna, perché non si sa cosa abbia fatto la regina Vittoria della lettera che le arrivò.

Ma ecco come andò. Abbiamo già detto che Giovanni sognava l'esploratore Stanley che gli diceva qualcosa, ma il sogno era privo di audio. Il digiunatore, nel suo diario, recensì negativamente questa mancanza di suono. Fu una critica costruttiva. Quella stessa notte rifece il sogno e questa volta ci sentiva: Stanley gli suggeriva di spedire una lettera alla regina Vittoria.

Il giorno dopo scrisse una recensione entusiasta a proposito del suo sogno: sapeva essere un critico benevolo. Quel pomeriggio, nella grande soffitta, Filsero gli disse:

«Ma certo che le devi scrivere, è una regina meravigliosa e potente, ti farà liberare in un baleno».

A Filsero piacevano le parole come «baleno».

«Che tipo di donna è?» chiese Giovanni.

«Giovane e bellissima» rispose Filsero, e gli descrisse una figura seducente lontana dalla realtà, che ebbe il potere di accendere l'immaginazione di Giovanni.

Anche Filsero era eccitato dalla sua stessa menzogna.

«Magari ha un'amica e me la fate conoscere» disse.

Giovanni rispondeva di sì ma non ci credeva. Non ce lo vedeva Filsero con un'amica della regina di Inghilterra. E poi Giovanni stesso, in fondo al cuore, sapeva di avere in sé qualche aspetto pazzoide (non pazzo!) che nuoceva alle relazioni stabili. Per cui, anche se di fronte a Filsero giocava con l'idea di avere una storia d'amore con la regina di Inghilterra, il suo fine era più ragionevolmente quello di essere liberato. Infatti la lettera non contiene toni romantici.

Con un'idea brillante, Giovanni allega alla lettera un biglietto di Dio alla regina. Poi minaccia:

Io sono quello che dico: se liberato dal Manicomio non vengo la terra che mi circonda tremi e le città si sprofondino.

E sono quello che dico: Regine, Imperatori e Papi, la testa curvate,

perché altrimenti la terra sotto i piedi vi faccio tremare;

e dopo morte

se alle parole mie creduto non avrete, serpenti vivi in terra ritornerete.

Ma voglio sperare che a Dio crederete.

Addio

Giovanni figlio in terra di Dio

Così lo vuole il padre Iddio

Giovanni e Filsero uscirono stremati e felici dalla stesura a quattro mani di questa lettera. Uno stato di esaltazione e divertimento li aveva presi e sollevati da terra senza che se lo aspettassero. Le loro rispettive insensatezze si sposarono in un modo che noi, leggendo la lettera, possiamo solo intuire. Ma una cosa è certa: fu così che laggiù, nel triste manicomio della Lungara, ricevettero in dono uno dei momenti migliori della loro vita.

«Ma Dio ti parla? Non me ne ero accorto» chiese Filsero.

«Dio è muto ma io sono telepatico».

Giovanni scoprì che la regina di Inghilterra non era bella ed era pure di rigidi principi. Durante il suo regno, le gambe dei tavoli venivano coperte con la stoffa perché non suscitassero associazioni mentali peccaminose con le gambe delle donne. Per lo stesso motivo la parola «coscia» fu bandita dai menu dei ristoranti. La solerzia dei censori svela le loro inclinazioni morbose, invece che cancellare quelle degli altri.

Ma il digiunatore non si offese con il suo amico perché gli aveva mentito. Anzi, gli fu riconoscente per i sogni di sensualità monarchica che gli aveva regalato.

Stranamente, dopo aver spedito questa lettera, che mi sembra il suo testo più delirante, Giovanni uscì dalla Lungara.

Nel registro del manicomio si legge che il 30 maggio del 1886 fu liberato «in uno stato di relativo miglioramento, essendo la sua malattia difficilmente sanabile».

Un digiuno socialista

Il digiunatore stava ponendo le basi per il Ventesimo Secolo. Dette anche un contributo all'evoluzione del socialismo.

Uscito per la seconda volta dal manicomio, non aveva voglia di partire per terre lontane. Preferì tornare a casa. Ma arrivato a Cesenatico Ponente si rese conto che non c'era più nessuno. I genitori e la nonna erano morti. La sorella Augusta Costanza, accantonati i progetti di santità, si era sposata con il conte Gaspero Paruglia e viveva a Nizza. Zii e cugini si erano sparpagliati tra Arezzo e Firenze. I baracconi erano andati via, risucchiati dal vortice del Paradiso Terrestre da cui provenivano. Neanche la casa c'era più. L'unico affetto importante che non era andato lontano era il suo amico d'infanzia, Luca, che si era sposato, era diventato un medico con la barba e viveva a Forlì. Luca seguiva da sempre le gesta del digiunatore, si erano anche scritti delle lettere. Parlarono di Augusta Costanza, di cui Luca era stato innamorato.

«Sposata a un conte! Che roba» disse.

Mangiarono insieme i piatti dell'infanzia e quello fu il vero ritorno a casa. Sapori e odori gli arrivavano amplificati dallo spirito del leone, che è uno spirito immateriale ma recepisce potentemente tutto quello che arriva dai sensi. Stavano lì, sazi e grati al vino, quando Luca disse:

«Non puoi fare tutto da solo. Sarebbe individualismo. Ti organizzo io un digiuno come si deve. Un digiuno socialista».

Giovanni digiunò per quattordici giorni, sotto la sorveglianza di un comitato di cittadini. Aveva già avuto visioni di socialismo, per cui sapeva di cosa si trattava, ma non era chiaro cosa ci fosse di socialista nel suo digiuno.

«Non capisci? Sei o non sei un socialista rinchiuso in manicomio a causa dei suoi ideali rivoluzionari?»

«Lo sono» disse Giovanni incerto.

«Lo vedi? Il tuo digiuno serve alla nostra causa. Dimostra che, grazie al socialismo, l'uomo diventa più forte. Lasciamo perdere i filtri magici, gli spiriti e i leoni: quelle sono fandonie che inventi per il pubblico rozzo, ti capisco».

Giovanni ci rimase male: era proprio il suo amico Luca che stava dicendo quelle cose? Quante volte avevano parlato degli spiriti! E qualche volta dei leoni.

«Se il popolo imparasse il tuo digiuno socialista il mondo sarebbe migliore. Sei l'uomo del futuro».

Su questo Luca ci aveva proprio azzeccato, per cui Giovanni dimenticò il disprezzo per spiriti e leoni e non parlò del filtro magico.

Quella era una zona politicamente all'avanguardia rispetto all'Europa intera. Il Partito Socialista Rivoluzionario di Romagna era stato fondato nel 1881, quando Lenin neanche ci pensava. Riuniva cinquanta circoli romagnoli, che ignoravano Marx perché pensavano tutto da soli. Poi nel 1884, a Forlì, si era trasformato nel Partito Socialista Rivoluzionario Italiano.

Durante il digiuno socialista il comitato di sorveglianza era costituito da membri del partito che furono conquistati dai discorsi di Giovanni Succi. Lui raccontò della lettera alla regina di Inghilterra, in cui aveva scritto: «Regine, Imperatori e Papi, la testa curvata». La frase riscosse successo.

«Una frase rivoluzionaria!» dissero. Piacque anche l'espressione «Io sono quello che dico» che da allora divenne frequente presso i socialisti romagnoli.

Quando qualche pignolo faceva notare le scorrettezze ideologiche e grammaticali nei discorsi di Giovanni, Luca correva in suo soccorso affermando che erano frasi dette a scopo «puramente agitatorio e dimostrativo».

Oltre a parlare, Giovanni ascoltava affascinato. La parola uguaglianza gli piaceva, la parola lavoratori lo preoccupava.

C'erano quelli che speravano che le cose andassero peggio, così poi il malcontento avrebbe provocato la rivoluzione.

«Verrà un nuovo mondo» dicevano.

«Eccome se verrà» rispondeva lui, ma chissà se intendevano la stessa cosa.

Alcuni proposero di pubblicizzare l'elisir chiamandolo «bevanda socialista», ma Luca fece una faccia delle sue e tagliò corto: «Queste cose lasciamole ai capitalisti imbroglioni» e non se ne parlò più.

Quei cinquanta circoli erano altrettante anime che continuavano ad agitarsi, sempre per un futuro migliore ma spesso in contrasto tra loro. Il digiunatore, ignorante ma sensibilissimo, percepì queste cinquanta anime. Ed erano tutte così serie! Ne parlò a Luca, che era uno dei capi del partito. Preso dal nuovo fermento, aveva sostituito il sogno degli uomini forzuti con il sogno socialista. Era cambiato, era diventato serio anche lui.

Quando il digiunatore gli disse: «Avete troppe anime» lui rispose che preferivano non fare riferimento a superstizioni religiose come l'anima. La moglie di Luca (erano a cena a casa dell'amico) fece gravemente cenno di sì con la testa, ammirata dalle idee che condividevano.

Il digiunatore provò un vago allarme: il suo era solo un modo di dire. Se l'anima non esisteva, rimaneva il senso della frase. Se esisteva, non sarebbe sparita perché l'avevano deciso loro. Se fosse stato di fronte a estranei avrebbe lasciato cadere il discorso. Ma voleva bene al suo amico e si incaponì a consigliarlo, il modo migliore per litigare.

«Il futuro è uno, voi siete molti. Se tutti e cinquanta dite la vostra, gli confondete le idee e finisce che fa di testa sua. Non sta mica fermo ad aspettare mentre voi discutete, il futuro».

«Lo conosci?» chiese Luca con un lampo dell'antica ironia.

«Eccome. Mi ha detto di dirvi che è meglio se formate un gruppo ristretto che guida gli altri».

È curioso osservare che, anni dopo, molto più a Est, un'idea simile fu formulata da Lenin.

La lettura dei giornali

Grazie all'apparato del partito il digiuno di Forlì ebbe grande risonanza. Le offerte si moltiplicarono e Giovanni Succi approdò alla capitale del lavoro: Milano. Si moltiplicarono anche le ipotesi volte a spiegare il suo segreto.

Durante quel primo digiuno milanese il socialismo interessava a pochi, ciò su cui prosperavano le ipotesi era la natura del misterioso elisir, un «anestetico, un torpente, o un ipnotico». Bella l'idea che esistano bevande ipnotiche.

Durante il digiuno milanese Succi dichiarò che riusciva a raggiungere il vuoto al centro di sé ma non trovò interlocutori interessati a sviluppare questo discorso sul piano mentale, spirituale o addirittura spiritico. Erano le spiegazioni fisiche ad avvincere.

Diminuì sei chili in dieci giorni. Con il diminuire del peso cresce la forza, misurata dagli scienziati col dinamometro metallico. Ma il Succi sapeva che queste misure non appagano il pubblico ignorante e così si esibiva ogni giorno in piazza del Duomo maneggiando abilmente una mazza ferrata con maggior vigore. Fino ad assomigliare, dal punto di vista della forza fisica, a un meraviglioso scimmione acrobatico.

«Il vuoto mi dà vita» ripeteva lanciando la mazza ferrata sempre più in alto nel cielo di Milano verso le guglie del Duomo.

La lettura degli articoli che i giornali pubblicavano su di lui gettò una nuova luce sul modo in cui il digiunatore vedeva sé stesso. A volte dicevano cose a cui non aveva pensato ma che lo riguardavano. C'era qualcosa da imparare da quegli articoli.

«Ma che tipo che sei diventato» diceva la nonna in miniatura nella sua testa.

«Stai attento» diceva lo stregone.

In certi giorni provava a uniformarsi a ciò che leggeva, trovandosi arricchito da un nuovo dettaglio. Si atteggiava, per esempio, a consumatore di arsenico. Altre volte faceva il contrario, buttava là un accenno, facendo intendere, a un ascoltatore senza testimoni, che (per esempio) la misteriosa bevanda era in realtà acqua e zucchero. O che non era mai stato in Africa ma aveva conosciuto gli sciamani del Nuovo Mondo. Uno di loro, anzi, era suo padre. Per non parlare della donna africana da cui avrebbe avuto un figlio: ma figuriamoci, lui preferiva gli uomini (questo non lo diceva ma lo lasciava intuire). Il giorno dopo controllava i giornali, per vedere se le sue esche avevano avuto un effetto. Lanciava le parole verso una creatura di carta e inchiostro che gliele rimandava amplificate e deformate, diffondendole presso tante persone. Questo neanche i saltimbanchi che scendevano dall'Appennino lo sapevano fare. Il nuovo giocattolo era così potente che decise che avrebbe fatto il giornalista, o addirittura il direttore di giornale, ignorando completamente in cosa consistesse il lavoro. Ignorava il concetto di notizia. Ma che importa. Vedendosi come un tipo provvidenziale non poneva limiti a sé stesso. C'erano troppe cose da dire. Quante verità! Tutte belle.

Lui chi era? Il vuoto al centro.

Merlatti e poesie

Quando si incanalava in un digiuno si sentiva tranquillo, leggero, liberato dalle ansie quotidiane, concentrato su un unico, alto obiettivo, in pace con sé stesso, padrone dei rituali che davano forma a impulsi invisibili. Ma quando il digiuno finiva, dopo qualche ora di esaltazione e qualche giorno di appagamento, le ansie e la pesantezza tornavano. Era il momento di andare da un'altra parte.

Due mesi dopo la fine del digiuno milanese, accompagnato dal dottor Borghini, medico ispettore presso l'ospedale maggiore di Milano e medico-capo dei Cavalieri di Malta, attraversato il passo del San Gottardo arrivò a Parigi. Era il 28 ottobre 1886.

La presenza del dottor Borghini dimostra l'interesse crescente della scienza medica verso il digiunatore. Il dottore chiese a Giovanni cosa ne pensasse di Parigi. Forse si aspettava si mostrasse sbalordito di fronte alla grande città. Invece il digiunatore rispose: «Chi ha visto Forlì ha visto tutto», che era una perla di saggezza di sua nonna. Dopo essere sceso all'Hotel Victoria fece visita ad alcuni giornali. Il suo impresario, Lamperti (infatti ora aveva un impresario), gli aveva consigliato di andare nelle redazioni a pubblicizzare il digiuno imminente. Giovanni Succi intendeva anche proporsi come collaboratore. Lui non usò questa parola, «collaboratore», che in effetti è un po' misera, chissà che parola usò. Infatti nelle redazioni non capirono la sua voglia di diventare un digiunatore giornalista. Se andò solo, senza Lamperti e senza Borghini, di certo la sua mescolanza di linguaggi, gesti, occhiate e balzi portentosi ha confuso le idee. Quel modo di comunicare che aveva funzionato magnificamente dall'Appennino a Capo di Buona Speranza, dalle faggete alla savana, a Parigi naufragò. Se fu accolto con entusiasmo come digiunatore, fu ignorato come giornalista. Eppure Giovanni era affascinato dall'atmosfera dei giornali: tutti si davano un gran da fare come se gli avvenimenti li fabbricassero loro. E poi erano fissati con la verità ma non la capivano: la verità era che lui certe cose non voleva dirle. Si trovavano su due piani diversi. Non potendo fare il giornalista si rassegnò a essere un superuomo.

Al *Voltaire* incontrò un giornalista che gli parlò troppo di Stefano Merlatti. Era, costui, un giovane pittore che aveva intrapreso un digiuno di cinquanta giorni. Questo fatto contrariò Giovanni Succi, che stava iniziando un digiuno di trenta giorni per quindicimila franchi. Provò una sensazione di rivalità che aveva provato solo da piccolo nei confronti di sua sorella, quella piccola santa. Sapeva benissimo che erano attivi altri digiunatori e, anzi, era a questa prospera fioritura che doveva il fatto che lo pagassero. Ma non voleva essere confuso con loro, scheletri senza spina dorsale, o forse provvisti solo di quella. Stefano Merlatti e gli altri par suo arrivavano allo sfinimento, alla distruzione, al niente. Succi arrivava al tutto. Merlatti, steso a letto, bianco, verde, grigio, le guance incavate, la pelle secca, non aveva la forza di alzare un bicchiere pieno d'acqua o dire una parola potente. Succi poteva sollevare un maiale e intanto cantare. Tuttavia, dobbiamo riconoscere le pecularità, Merlatti fino a quando le forze glielo consentivano dipingeva, e i suoi quadri avevano un loro mercato. «La poetica dello sfinito», la chiamarono.

Che Merlatti dipingesse pure! Il messaggio che Succi voleva trasmettere all'umanità era ben diverso: voleva insegnare come stare bene e entrare in una nuova era dei rapporti mente-corpo, non come stare male e vendere quadri agli scemi.

Detto per inciso, e senza mancare di rispetto a Giovanni Succi, Stefano Merlatti portò a termine il digiuno di cinquanta giorni, quando ormai Giovanni era ripartito.

Tuttavia Succi non si poteva lamentare, Parigi riconobbe pienamente la portata rivoluzionaria della sua particolare astensione dal cibo. Gli dedicarono canzoni e poesie.

«*Farai vedere alla terra,*
– Come Cristo a Tommaso –,
La tua riforma umanitaria,
Lo sciopero degli stomaci?»

Veleno 2

Ebbe uno di quei suoi momenti in cui si credeva una divinità, benedetto ragazzo. Al tredicesimo giorno decise di bere una fiala di veleno. I medici di guardia erano sicuri che sarebbe morto, lui sapeva che sarebbe stato meglio. Era così convincente che non osarono bloccargli il braccio. Succi aveva già mandato giù metà del veleno quando uno dei presenti, sottraendosi alla fascinazione ipnotica, gli strappò la fiala di bocca. I medici dopo aver analizzato il contenuto stabilirono che la quantità di laudano bevuta da Succi era sufficiente a uccidere due buoi. L'impresario Lamperti lo accusò di aver interrotto il digiuno. Come se il veleno fosse un alimento! Il digiunatore si sentì tradito: che il suo impresario spargesse dubbi su di lui era assurdo. Una pugnalata alle spalle da cui si riprese solo perché era immortale.

Con un tempismo sospetto, saltarono fuori storie di digiunatori fraudolenti. Due anni prima Kate Smulsey, una ventenne di New York, aveva digiunato duecentocinquantotto giorni a casa propria, senza alcun controllo se non quello dei suoi gatti, che da quattro erano diventati due. Una storia fatta apposta per suscitare dubbi. Bernard Cavanaugh, illustre digiunatore londinese, era stato sorpreso a trangugiare un panino al prosciutto. Circolò anche la storia di un eremita medievale che nascondeva le salsicce nelle candele.

Succi sospettò che l'improvvisa diffusione di racconti sui digiunatori fraudolenti fosse opera di Lamperti, che tramava contro di lui per passare al servizio di Merlatti.

Si sentì schiacciato e offeso da queste miserie. Aveva voluto solo dimostrare una cosa ovvia: c'erano dei momenti in cui diventava immortale. La sua volontà diventava talmente potente da annullarsi e perdere la natura umana. Ripeteva che c'era qualcosa di divino *in ogni uomo*, non solo in lui, e che questa divinità andava risvegliata. «Col mio segreto diventeremo tutti Iddii». Dopo sei settimane di digiuno si sentiva un altro essere, voci vibravano nell'aria e lo proclamavano figlio di Dio, perché tutti siamo figli di Dio. A parte, forse, Lamperti. Succi gli fece causa. Non avrebbe avuto mai più un impresario, che tra parentesi non aveva ancora capito esattamente cosa fosse.

I formidabili tre

Arrivarono tre individui. Che tipi. Diversi da tutti. Si sedettero uno accanto all'altro in prima fila e, appollaiati sulle loro seggioline, lo osservavano con una intensità allarmante, come si proponessero di mangiarlo. Lui ricambiò lo sguardo e sentì il cozzare di volontà formidabili.

Non che la gente lo osservasse distrattamente. Ma generalmente era un'attenzione più blanda, divertita. Curiosità. Invece questi lo fissavano seri, come fosse questione di vita o di morte. Formavano un triangolo anche se erano disposti in linea retta. Pensò fossero degli squilibrati. Ce n'erano, tra coloro che andavano a vederlo. Ma di solito erano solitari. Alcuni provavano a emularlo senza consapevolezza e a volte le conseguenze per la salute erano gravi. Separare l'atto dal suo significato può avere effetti mortali.

Ma questi tre non erano squilibrati. E neanche inconsapevoli.

È noto che alcune sfortune si rivelano provvidenziali. Le voci a sfavore della salute mentale di Succi avevano attirato l'attenzione di Jean-Martin Charchot, grande medico interessato a ogni novità. Quest'uomo si era tirato dietro due giovani colleghi che si chiamavano Axel Munthe e Sigmund Freud.

Charcot aveva sessantun anni ed era all'apice della gloria. Padre della neurologia francese, dotato di grande fascino, attirava studiosi da tutta Europa. C'erano anche persone qualsiasi che accorrevano ad ascoltarlo. Mentre spiegava si accendeva e sembrava bellissimo. Era una specie di direttore di orchestra, solo che dirigeva patologie mentali. All'ospedale Salpêtrière teneva lezioni che erano anche spettacoli, facendo esibire vari tipi di malati mentali, a volte in combinazioni fantasiose. La punta di diamante della sua orchestra umana erano le cosiddette isteriche, capaci di scenate leggendarie. Stiamo parlando di attacchi isterici e nevrastenici simili a sonate: con un tema principale, un tema secondario, uno sviluppo e una conclusione. Le isteriche di Charcot erano famose. «Isteriche così non se ne fanno più» dichiarò, anni dopo, uno che aveva assistito.

Charcot non perdeva tempo e nessuno lo metteva in soggezione: propose a Succi di continuare il digiuno sotto il diretto controllo suo personale e dei suoi giovani aiutanti (Sigmund Freud aveva trent'anni, Axel Munthe ventinove). «Ha tutto da guadagnarci, giovanotto» gli disse. Era un grande onore. Il digiunatore non aveva la minima idea di chi fosse questo Charcot. E gli altri due erano sconosciuti a tutti. Ma in qualche modo deve aver intuito che gli si prospettava una possibilità storica: controllato da personalità che avrebbero cambiato il futuro. Accettò con entusiasmo.

Ma poi qualcosa successe. Passavano i giorni e non firmava il contratto. Perché? Una sensazione? Un allarme interno? Secondo i suoi detrattori, le condizioni poste dal formidabile terzetto erano troppo rigide, troppo scientifiche, e i digiuni di Succi non erano scientifici come voleva far credere. Ma queste sono calunnie, come vedremo nel corso della storia.

Era bello farsi ascoltare da quei tre. Erano ascoltatori meravigliosi per il semplice fatto che ascoltavano davvero. Un fenomeno rarissimo. Però ci fu la questione delle clausole del contratto. Tutto era a posto, tutto era deciso, mancava solo la firma, quando ecco che il giorno dopo uno di loro, di solito quel Freud, così serio e minuzioso, per mostrarsi zelante proponeva una clausola supplementare. Non è questo il modo di trattare. Quell'uomo era capace di far impazzire chiunque, con quegli occhi storti (Succi giurava che Freud avesse gli occhi storti). Axel Munthe era più morbido, sornione, ironico, capace di risate da cui capivi che ti capiva, risate che ti facevano bene. Ma anche lui, ogni tanto, zacchete, un nuova clausola. Erano stati istruiti dal grande Charcot, che li dirigeva come strumenti. A volte loro eseguivano le sue istruzioni senza neanche che lui le dicesse.

I formidabili tre passarono una settimana a guardarlo e quelle sedute lasciarono un segno in ognuno di loro.

Alcuni sostengono che lo spirito del leone colpì la fantasia scientifica di Freud, che gli cambiò nome e lo chiamò inconscio. Mi sembra una forzatura. E poi forse nella vita non sono queste le cose importanti. Lo sono invece certe emozioni sottili, fragili e indistruttibili, che tornano quando meno te lo aspetti.

Freud era l'unico che non sorrideva *quasi* mai. A volte il suo viso severo si illuminava e diventava estatico di fronte a certi esercizi. In quei momenti sembrava un bambino. Senza più difese. Gli piaceva quando Succi eseguiva i suoi esercizi da contorsionista ed esortava il pubblico a fare altrettanto dicendo «Seguitemi».

Axel Munthe divenne un medico famoso ed ebbe una vita bellissima. Curò gente di ogni tipo. Ebbe in cura anche lo scrittore Henry James, che gli consigliò di scrivere la propria autobiografia: infatti esiste e si intitola *La storia di San Michele* (San Michele è la casa che Axel Munthe aveva a Capri, non il santo): «Per molti anni il libro più letto nel mondo dopo la Bibbia e il Corano» vedo scritto in copertina. A un certo punto Munthe racconta che a Parigi i medici veri pretesero che ai guaritori ciarlatani, che erano numerosi e riscuotevano un enorme successo presso l'alta società, venisse impedito di esercitare. C'era un guaritore ciarlatano ricchissimo, molto richiesto, che andava in giro con carrozze meravigliose. L'ultimo giorno utile si presentò in commissariato con i documenti in regola che dimostravano che era un medico vero ma pregò il commissario di non dirlo a nessuno, «perché diceva di dover la sua enorme clientela al fatto di essere considerato da tutti un ciarlatano». Il falso ciarlatano suscitò l'ammirazione di Axel Munthe perché gli ricordava Succi.

In quell'autunno del 1886 si sparse la voce che il digiuno succiano curava il mal di testa, male che Giovanni ribattezzò *capoccina*, come fosse un'altra cosa. A Parigi scoppiò un'epidemia di capoccina. Molte persone dell'alta società correvano da Succi per consigli. Erano pronte a tutto pur di procurarsi il rimedio, ma anche la malattia. Munthe non dimenticò mai queste lezioni di saggezza. Anni dopo inventò una serie di malattie mai sentite prima che riscossero enorme successo presso l'alta società parigina.

Del resto noi oggi vediamo Freud come un personaggio estremamente serio, ma è un gioco di specchi: per molti anni fu considerato un soggetto poco raccomandabile, rifiutato dalla comunità scentifica. Un ciarlatano.

Succi non firmò mai quel contratto e il quartetto che avrebbe potuto cambiare il mondo si sciolse. Ma era così potente che lo cambiò lo stesso.

Calore per tutti

Trascorse l'inverno del 1887 a Milano, in una pensione. Chissà perché. Fuori, in certe sere nere indimenticabili, infuriavano tempeste di vento, pioggia e povertà. Se uscivi per strada, o anche solo ti affacciavi alla finestra, potevi vedere la tristezza come fosse qualcosa di fisico che aggrediva tutto, spegneva le luci e schiacciava i passanti con una pressione costante. Il sogno più bello dei disperati era inseguire una gallina per la strada. Ma le galline non c'erano.

Dentro, invece, si stava bene. La tristezza non riusciva a passare i vetri e non c'era pressione, anzi: l'aria era profumata e leggera. Molta gente allegra si ritrovava nella sala da pranzo. Nel caldo, col profumo del cibo, la vivacità della conversazione e la musica delle bottiglie stappate, Giovanni si sentiva a casa. Non avvertiva neanche il bisogno di esibirsi. Se ne stava lì, quieto, in disparte, nel calore umano, appagato.

La nonna in miniatura gli toccò la spalla e disse: «Come fai a essere così contento, sciocco, non vedi dove sei finito?»

«Sto bene nonna» rispose lui.

La nonna non ascoltava le risposte. Era una grande provocatrice, anche da morta.

A Parigi e durante i digiuni più recenti, Giovanni aveva soggiornato in alberghi lussuosi, in zone signorili. Ora invece eccolo in una pensione economica in una zona secondaria. Aveva finito i soldi? Il rapporto del digiunatore con i soldi non è chiaro. Si sa che alcuni suoi digiuni sono stati pagati molto, e c'era chi assicurava che alla fine avesse accumulato una ricchezza favolosa, oltre a una serie preziosa di segreti. Ma ci sono stati anche digiuni in cui è stato pagato poco e ha raggiunto il luogo dell'esibizione a sue spese. Una volta, addirittura, a piedi.

Quello che è certo è che quella dell'inverno 1887 non fu una sistemazione da nababbo. E Giovanni non fece digiuni degni di nota. Era in una situazione di stallo, o di riposo. Stava meditando di smetterla. Si stava bene con la gente, a mangiare e bere e ascoltare. La differenza tra essere rinchiuso in una gabbia sotto lo sguardo di tutti e stare libero tra gli altri può essere grande.

Alcune giornate di quell'inverno sono state descritte da Giovanni Mirzan nella sua *Trilogia ipno spiritico socialista*, uscita nel 1894. Giovanni Mirzan, che soggiornava nella stessa pensione di Succi, era un giornalista scettico e ironico, addolorato per la fine dei grandi ideali di cui auspicava il ritorno, non sapendo ancora come il Novecento lo avrebbe accontentato. Cercava notizie ma quando le trovava non ci credeva fino in fondo.

Una sera sentì che la padrona di casa diceva: «Ebbene, signor Succi? Spero non vi salterà più il ticchio di guastare con un nuovo digiuno un così buon appetito».

A quelle parole capì con chi aveva a che fare e fu colpito dalla sua aria dimessa. Tutto il contrario del tipo spavaldo di cui aveva tanto sentito parlare. Comunque, spavaldo o dimesso non importa: Giovanni Mirzan era convinto che Giovanni Succi fosse un ciarlatano.

Della variopinta fauna della pensione facevano parte due «donnine allegre», la definizione è di Mirzan. Una di loro dice:

«Cosa diranno di noi tra cent'anni?»

Ingenue, trattano il digiunatore come un profeta.

«Rideranno di noi» dice Succi.

La risposta è così precisa che fa una certa impressione a Mirzan, aprendo una prima piccola crepa nella corazza del suo scetticismo.

Una sera erano tutti lì, in sala da pranzo. «Cantanti, attori, ingegneri e donnine allegre. Una bionda triestina che studiava il canto ed una giovane napolitana, di buona famiglia, scappata da casa e capitata anch'essa a Milano, ove si era data allo studio della mimica» (Mirzan).

La nonna in miniatura appollaiata sull'orecchio del nipote disse: «Non senti freddo?»

Stavolta aveva ragione. Si era appena rotta la stufa e la nonna, o se vogliamo Giovanni, con la sua sensibilità estrema, l'aveva avvertito subito. Dopo un po' lo sentirono anche gli altri e l'atmosfera piacevole svanì, faceva troppo freddo. L'incantesimo si era rotto per congelamento.

Succi decise di ripararlo.

«Ora divento una stufa vivente» disse sedendosi solennemente in mezzo alla stanza, sul pavimento, con le gambe incrociate.

Risolini. Non so se qualcuno gli dette fiducia. Certo non Mirzan, che pensò a una buffonata. Ottima per il suo articolo.

Tuttavia dovette ricredersi. Succi si concentrò. Pensò al buio fuori e immaginò il calore dentro. Il buio era freddo, doveva immaginare un calore più grande. All'inizio non successe niente. Ma dopo qualche minuto, a tutti parve che Succi, la stufa umana, emettesse calore e così ricominciarono a parlare allegramente.

Quando la stufa normale fu riparata e lui poté rilassarsi, spiegò che quello che aveva fatto era il Tumo, una pratica segreta che gli era stata insegnata dallo stregone africano che a sua volta l'aveva imparata durante uno dei suoi viaggi in Oriente per vendere cavalli. Evocando certe immagini e mettendo gli organi interni in una certa posizione riusciva a produrre calore al punto da riscaldare l'ambiente.

«Ma è comodissimo!» disse la bionda triestina, mentre la giovane napoletana fece un gesto espressivo.

«Calore per tutti» concluse festosamente Giovanni, come se si trattasse di un piatto di ravioli.

Lux. Spiriti misurabili

Noi che stiamo tranquilli a casa nostra siamo liberi di credere o meno alla sera in cui Giovanni Succi produsse calore per tutti. Ma Mirzan no, non era libero. Perché Mirzan c'era, vide e dovette credere per forza. È così che si diventa pazzi: guardando la verità all'improvviso. Ma lui era un tipo resistente e resse al colpo cambiando atteggiamento. Invece di scrivere l'articolo sarcastico che si era ripromesso chiamò un suo amico scienziato che si faceva chiamare Lux, pseudonimo ambizioso che dice molto di lui. Essendo intelligente, Lux trovava sempre conferme alle proprie teorie. «Ma certo», «Come no», «Infatti» diceva quando veniva smentito.

Lux per prima cosa volle sentire il punto di vista del «fenomeno vivente». Succi ridivenne curioso di sé stesso e si lanciò in spiegazioni fantasmagoriche. Più lui spiegava, meno gli altri capivano.

Lux si accendeva il sigaro – ma si era mai visto uno scienziato col sigaro? – e annotava chissà cosa in certi grandi quaderni. «Procederemo all'indagine fisica».

La domanda centrale era: Succi aveva dei poteri perché digiunava o digiunava perché aveva dei poteri? Ci doveva essere un legame tra il digiuno e le altre prodezze. È vero che la produzione di calore, il Tumo, era avvenuta in un periodo in cui Succi non digiunava, ma poteva essere un effetto dei digiuni precedenti. Succi ricominciò a digiunare in una gabbia di vetro e Lux misurava tutto, dai parametri fisici del digiunatore alla disposizione degli oggetti nella stanza. Succi acconsentiva agli esperimenti ma provava una certa resistenza interiore. Mirzan traduceva i numeri di Lux in parole. Arrivarono al cosiddetto spiritismo sperimentale.

Secondo Lux, il pensiero è un movimento e può dunque muovere gli oggetti. I digiuni scatenavano o incrementavano la forza motrice del pensiero di Giovanni, che quando non mangiava entrava in uno stato mentale alterato e aveva accesso a zone formidabili di sé stesso. Secondo Lux un prodigio è «un fatto straordinario dovuto a leggi naturali a noi ignote», il libro in cui loro cercavano quelle leggi era il corpo del Succi.

«L'Aldilà non c'entra niente. È al di là di tutto questo» disse Mirzan con una delle sue tipiche frasette.

Giovanni non capiva questa teoria perché non gli piaceva. All'Aldilà si era sempre interessato poco. Ma l'idea che gli spiriti non esistessero e che in quello che gli capitava non ci fosse niente di ultraterreno non era entusiasmante. Conoscendo la propria fragilità aveva bisogno di credere in potenze esterne che entravano in lui, altrimenti gli eventi non si spiegavano. Lui aveva dentro di sé lo spirito del leone.

Lux posava il sigaro, sorrideva e rispondeva:

«Ma certo. Infatti. Uno spirito misurabile attraverso le alterazioni cerebrali».

Cosa stavano dicendo! Come poteva un leone misurabile stare nella sua testa. Troppo grosso. Niente da fare, non lo ascoltavano. D'altra parte Succi era lusingato dalle loro attenzioni e gli piaceva Mirzan, un giovane bellissimo, divertente e pieno di entusiasmo. Le sue battute, caso raro, non miravano a distruggere il digiunatore ma a circoscriverlo per capirlo.

«A me pare sia stato un vero peccato che, invece del *barnum* che lo ha condotto in un teatro a Parigi, Succi non abbia trovato qualcuno che lo conducesse alla Salpêtrière, dove il dottor Charcot avrebbe potuto forse ricavare delle osservazioni di un altissimo interesse per la scienza, mettendolo in comunicazione magnetica colle sue migliori isteriche» disse Lux.

Giovanni Succi provò un vago rimpianto per l'occasione perduta a Parigi, quella di essere *misurato* dal grande Charcot tra altre favolose isteriche. E dunque si lasciò andare agli esperimenti. Verificarono l'azione a distanza di certe sostanze su di lui: poteva ubriacarsi con una fiala piena di alcol posta a un metro dalla sua nuca, ridere per il gas esilarante, addormentarsi per il cloroformio. In tutti questi casi, secondo Lux e Mirzan, Succi ignorava cosa ci fosse nella fiala in questione (e addirittura lo ignoravano loro, perché le fiale erano coperte da un foglietto messo da un farmacista). Lux lo ipnotizzò, indusse in lui lo stato sonnambolico, provò con la telepatia. Tutte condizioni della mente che Succi aveva già sperimentato, magari chiamandole in un altro modo, o non chiamandole affatto. Condizioni in cui scivolava come niente fosse. Intanto, cercando il segreto che doveva per forza trovarsi nel suo corpo, Lux effettuava su di lui tutte le misurazioni che gli venivano in mente, dalla pressione del sangue alla vitalità degli spermatozoi. Fu così che, senza volerlo, Giovanni Succi trovò dentro sé stesso un punto di incontro tra due fiumi: spiritismo e positivismo.

Il numero dei bottoni

Le pagine del diario di Succi di questo periodo non contengono più parole. Solo numeri. E disegni geometrici. Era l'influsso di Lux e dei suoi quaderni. Quando il digiunatore scopriva qualcosa di nuovo, ci si buttava con uno stupore infantile, senza neanche pensarci. Infatti nei numeri e nei disegni di Succi è difficile riconoscere un pensiero: sembrano scritti a caso, imitando, così a occhio, quelli di Lux. È vero però che quelle pagine dovrebbero essere analizzate da un matematico, magari coglierebbe in quei segni un senso che sfugge all'inesperto. In ogni caso, a vedersi, sono pagine bellissime: meriterebbero di essere esposte come opere d'arte.

Agli occhi di Lux e Mirzan la nuova passione di Succi per le misure, anzi per le *false misure*, aveva qualcosa di insensato. Preoccupati per la piega che stavano prendendo gli avvenimenti, cercarono un modo per strapparlo ai numeri pazzi. Lo portarono al Teatro alla Scala, dove si eseguiva una nuova opera di Giuseppe Verdi. Durante il tragitto la voglia succiana di contare si concentrò sui bottoni. Guardava qualcuno e cercava di capire, a intuito, quanti bottoni avesse addosso, poi verificava l'intuizione contando.

Quando la musica ebbe inizio, fu come se una creatura si gonfiasse fino a diventare così grande da riempire la gigantesca sala. Giovanni non aveva mai ascoltato un'opera lirica nel suo ambiente naturale. Solo qualche aria cantata senza orchestra. In certi momenti il volume di suono era tale che pensò potesse sbalzarlo dalla poltroncina. L'impressione fu enorme.

«Mi piace quest'opera. Ora è come le avessi ascoltate tutte» disse con logica bizzarra, ma era estasiato.

Durante la rappresentazione, quando i cantanti si accorsero che Succi era in platea, smisero di cantare per un po'. Questo per dire la fama che lo aveva raggiunto.

Giuseppe Verdi alla fine volle conoscere l'uomo che aveva causato l'interruzione dello spettacolo. Non si sa cosa si dissero. Ma da allora Giovanni prese l'abitudine di cantare arie di Verdi. Sembra anche che Verdi abbia pensato a un'opera su di lui, personaggio di per sé molto verdiano, a cominciare dall'aspetto fisico.

Le ultime parole di Giuseppe Verdi in punto di morte, nel 1901, sono state «Bottone più, bottone meno» mentre giocherellava con i bottoni del panciotto. Può darsi che si tratti di una coincidenza. Ma l'interesse per il conteggio dei bottoni non è poi così frequente come ci si potrebbe augurare. Nulla mi toglie dalla testa il sospetto che questa inclinazione gli sia stata trasmessa dal digiunatore quella sera. Come anche la conclusione finale: che il numero esatto non sia poi così importante.

L'emulatrice del sole

È difficile trovare qualcuno che non sia convinto di avere il diritto di educare gli altri. Nel mondo pare ci siano più educatori che educandi. Con simili guide, non si capisce perché le cose vadano male. In Lux questa attitudine didattica raggiungeva livelli stratosferici. Sentiva in ogni momento il dovere morale di indottrinare. Se aggiungiamo che dormiva poco possiamo intuire come la sua vita fosse un susseguirsi di impulsi educativi altissimi. Sono questi, nella storia degli uomini, gli individui più ammirati e pericolosi.

La stima di cui Lux godeva nel profondo microcosmo della pensione raggiunse presto un'allarmante unanimità. Dunque poteva fare tutto e lo fece. Infaticabile e generoso, portò in quelle stanze ombrose un'invenzione recente: la luce elettrica. Dieci anni prima, in piazza del Duomo, sopra un'apposita torre, alle due di notte, erano state accese quattro rumorose lampade elettriche. Per la prima volta quella luce nuova aveva brillato in città. Era un esperimento clandestino in cui Lux aveva avuto la sua parte e che aveva riscosso successo, tanto che poi era stato ripetuto con le autorizzazioni del caso. La torre era stata definita l'emulatrice del sole. Da allora Lux, avido di tutto e desideroso di donarlo al prossimo, aveva «perfezionato l'energia elettrica» e, col consenso della padrona della pensione, ne dimostrava le potenzialità non per strada ma negli ambienti chiusi. Qualsiasi cosa facesse, era sempre una dimostrazione. Per prima cosa illuminò il salotto, l'ambiente comune in cui si riunivano la sera. Passata la paura, la meraviglia fu enorme. «Non c'è paragone», «Ora vedo veramente», «Come tutto è bianco» dicevano. Quel salotto si era trasformato in un nucleo incandescente, che ardeva avvolto dalle tenebre del mondo esterno. Era come se si trovassero nel centro di una stella, galleggianti nel cosmo nero. Giovanni fu preso da un entusiasmo che svanì in pochi secondi, lasciando il posto a una malinconia che durò per giorni, non sapeva perché.

Il contatto prolungato col nuovo tipo di luce indusse dei mutamenti nella mente di tutti. In Lux, incrementò la tendenza a correggere gli altri. Aveva sempre da ridire. Spesso si concentrava su Anna, la ragazza napoletana che studiava mimica. Le dimostrava che stava sbagliando. Le sue prospettive di vita, se continuava col teatro, non erano poi così buone, scientificamente. E poi Anna era troppo individualista, doveva pensare di più agli altri e al miglioramento della società. Lo stesso valeva per la sua amica Marisa, che studiava canto. E in fondo, anche se non lo diceva, valeva anche per tutti gli altri.

La cosa interessante è che quando le due ragazze si esibivano per il pubblico della pensione la gente stava benissimo. Invece il nobile desiderio di migliorare la società diffuso da Lux insieme alla nuova luce sfrigolante lasciava un certo sgomento perché, pur riconoscendo che aveva ragione, non sapevano come fare. Lui in qualche modo avvertiva questo sgomento e per recuperare terreno correggeva le persone ancora di più. Non lo faceva per cattiveria, anzi l'opposto: correggere era il suo modo di amare.

Giovanni invece non correggeva nessuno e non lo fece mai durante tutta la vita, per quanto sappiamo. Ad apprezzare i pregi degli altri sono buoni tutti. Ma lui apprezzava i difetti, o perlomeno lasciava correre. Forse per questo le persone lo cercavano, si sentivano accolte e godevano della sua compagnia megalomane ma gentile, tutti, senza eccezione, al di là di quello che pensavano delle sue prodezze.

Un giorno Lux arrivò carico di lampadine e, con l'aiuto di Mirzan, illuminò la stanza di Anna. Lei, di solito così gioiosa ed esuberante, quando la luce elettrica inondò la camera scoppiò a piangere. I presenti, seguaci senz'ombra della nuova luce, privi di dubbi, non capivano perché. Dissero che doveva essere affetta da «mania deprimente», come si poteva dedurre anche dalla forma delle sopracciglia. Giovanni invece capì. Guardando Anna piangere si rese conto del motivo per cui lui stesso si era sentito triste, dopo il primo esperimento elettrico. Con la nuova luce si vedeva troppo. Una ciabatta abbandonata a destra, qualche traccia di topo a sinistra, la polvere, un torsolo di mela, un fazzoletto invecchiato. Certe zone di squallore che, con una luce meno potente, dormivano dolcemente nell'ombra, ora venivano svegliate prepotentemente. «Che luce maleducata» disse la nonna nella testa di Giovanni. Quella luce era così violenta da trasformare le cose. Un mondo sovrailluminato, piatto, senza accenti.

«Ma quale mania deprimente! Piange perché è troppo felice» disse Marisa abbracciando l'amica. Con questa mossa geniale la tolse dall'imbarazzo.

Lux, che non vedeva l'ora di superare ostacoli, ritenne superato il problema della mania deprimente, e cominciò a parlare di un'altra invenzione, il telettrofono. Chiamava così quello che noi chiamiamo telefono.

«Una voce che ti raggiunge ovunque tu sia» spiegò.

«Quale asino potrebbe desiderare una voce che ti raggiunge ovunque? Ma che orrore!» disse la nonna nella testa di Giovanni.

«Che orrore» ripeté lui sussurrando nell'orecchio a Anna.

«Vorrei solo smettere di piangere per la felicità» rispose lei, rilassandosi perché si sentiva compresa da quell'uomo indecifrabile.

«Ma tu non stai piangendo» disse il digiunatore contro ogni evidenza, mosso da un'assurdità eroica.

Anna sorrise. Era destinata a diventare una celebre attrice, specializzata in scene di pianto.

Luce sepolta

Gli esperimenti continuarono nelle cantine. «Per sottrarsi all'influenza del sole, che potrebbe interferire con le misurazioni» spiegò Lux. Studiavano il rapporto tra digiuno e energia elettrica. Stimolato con dei cavi ronzanti, lunghi tentacoli neri, Giovanni raggiunse risultati straordinari. Arrivò a vedere coi gomiti e fiutare con le ginocchia. Riusciva perfino a *trasumanarsi in un uomo microscopico*, come diceva lui: cioè a vedere organismi minuscoli. Dichiarò di essere in grado di farsi cadere un occhio per poi riprenderlo e rimetterlo a posto con un colpo secco. *Con un glock*, disse mimando il gesto di spingere la sfera dell'occhio, come un piccolo pianeta morbido, nell'orbita vuota, col palmo della mano. Ma questa mi sembra una di quelle spacconate verbali che aveva sentito molti anni prima da qualche individuo straordinario sceso dal Paradiso Terrestre ubicato dietro l'Appennino.

In questa fioritura di effetti spirituali una cosa rimaneva costante: il suo corpo. A parte variazioni ovvie, come la perdita di peso, Lux non riusciva a misurare niente di rilevante nella fisiologia del digiunatore. Era un uomo fisiologicamente nella media. Questo faceva impazzire il professore. All'ennesimo risultato negativo si illuminò tutto e alzando l'indice verso il soffitto commentò: «Infatti. Certo. Come mi aspettavo». E se ne andò. Poi tornò e disse che dovevano scendere più in basso.

C'erano, tra i pensionanti, alcuni rappresentanti della malavita locale. Delinquenti d'altri tempi, brave persone che fornirono a Lux informazioni preziose. Sollevò una botola nel pavimento della cantina. «Ognuno prenda un pezzo dell'attrezzatura elettrica e cominci a scendere per le scalette» ordinò. Percorsero i cunicoli che costituiscono la Milano sotterranea. Alcuni personaggi erano lì per studiare la situazione grazie ai potenti mezzi di illuminazione di Lux: intendevano trovare il modo di raggiungere i palazzi soprastanti con l'intento di prelevarne oggetti di valore. Altri erano disinteressati. Ma tutti portavano un pezzo dell'attrezzatura.

La bizzarra processione raggiunse un'ampia sala umida e tetra. C'era un vento freddo. Sul soffitto correvano tubi come proboscidi. Lux rimontava l'attrezzatura, concentratissimo. «Ma perché siamo qui?» chiese Anna a voce bassa. Marisa si strinse nelle spalle. Più Lux voleva studiare la luce, più scendeva nel buio. Ripeteva che era per fuggire dai rumori del sole. Ma la sua ambizione era ancora più grande: voleva sottrarsi all'influenza del mondo. Mosso dalla temibile molla della buona volontà, desiderava che il drappello dei seguaci non subisse altri influssi se non quello delle sue dimostrazioni. «La voce che ti raggiunge ovunque», di cui aveva parlato spiegando il telettrofono, era in realtà la *sua* voce. Era necessario che non arrivassero altre voci a confondere le idee. E scendendo in quel mondo parallelo e vuoto questa utopia si realizzava. Dominava i ladri con la sua volontà. L'unica cosa che non riusciva a dominare era la mimica di Anna. E allora lui ripartiva con precisazioni e correzioni continue, come volesse modificare la faccia della ragazza scalpellandola con le parole. Anna quando stava bene era divertente, e Lux diffidava di tutto quello che è divertente. Non faceva che pronunciare la parola «scienza», sprofondando quasi tutti in uno stato di ammirazione che aveva qualcosa di magico e avvolgeva gli onesti e i disonesti. «Quella che lui chiama scienza è solo il suo modo di rompere le scatole» disse la nonna. Che donna. Non era mai contenta. Era proprio lei. Inutile osservare che era morta. Il suo spirito immortale scaldò il cuore di Giovanni.

Illuminando troppo

Ma l'effetto più vistoso l'energia elettrica lo esercitò sulla mente di Mirzan. Guardando tutto sotto una luce implacabile, lontano dalle sfumature del sole, quell'uomo scettico e ironico perse scetticismo e ironia e smise di essere divertente. Spinto dalla serietà si inoltrò nella follia. I dubbi che nutriva su Giovanni Succi furono sostituiti da una fiducia abbagliante. Osservando gli esperimenti di Lux giunse a conclusioni sempre più impegnative: chiunque, inserito nell'opportuno contesto, con le giuste opportunità, avrebbe potuto risvegliare in sé le capacità del Succi. Questo era destinato a cambiare il destino degli uomini. «L'uomo supererà la tirannia del cibo diventando un ente elettronervoso» disse Mirzan, esaltato. Annotò queste parole attribuendole a Lux.

«Ma io non ho detto questo» mormorò il professore. E per la prima volta non disse infatti.

Mirzan era posseduto da una felicità strana: effetto di una illuminazione aggressiva. Disse che si preparava un secolo di pace e prosperità, i segni erano chiari. Non dovendo lottare per il cibo, tutti sarebbero diventati buoni. «Trasumanare, raggiungere l'immortalità, conquistare lo spazio infinito!» questo era il destino dell'uomo.

«Lo spazio infinito?» chiese Lux preoccupato, intuendo, sia pure nebulosamente, quali forze aveva scatenato.

«Certo. Se l'uomo diventerà un essere elettronervoso, potrà benissimo viaggiare nello spazio senza riportare danni».

Il suo entusiasmo era impressionante. Per la prima volta in vita sua Lux cercava di arginare un altro e si accorse di quanto questa posizione fosse scomoda.

«Ma se qualcuno sentisse ancora il bisogno di mangiare normalmente?»

«Vorrebbe dire che c'è qualcosa che non va in lui. Andrebbe rieducato» rispose Mirzan. Fenomeni di suggestione e allucinazione, ritenuti finora conseguenze di una malattia nervosa, l'isterismo, erano in realtà la via per l'immortalità socialista. Voleva riformare la società orientando il movimento delle masse nella direzione indicata dal digiunatore, liberandole dal giogo dello scambio materiale. Dovevano trovare dei volontari. Soggetti che avrebbero iniziato questo processo glorioso evitando di mangiare, per il bene di tutti.

Lux cominciò ad avere paura. Mirzan ormai vedeva Giovanni Succi come un essere onnipotente. E in tutti riconosceva dei Succi potenziali. Avvicinò certe persone proponendo di liberarle dalla tirannia del cibo, dal giogo dello scambio materiale, ma quelle rifiutarono. Le persone amano i gioghi.

«Se solo avessero il coraggio di essere luce» esclamò Mirzan, deluso. «Forse dovremmo trovare il modo di costringere qualcuno» aggiunse.

Il giorno dopo arrivò un biglietto in cui Lux avvertiva che doveva lasciare Milano per ragioni relative alla sua professione. Concludeva augurandogli buon lavoro, senza accennare a un ritorno.

Dopo aver corretto chiunque per tutta la vita, si era reso conto che gli essere umani sono incorreggibili.

I pericoli della perfezione

I continui esperimenti a cui era stato sottoposto avevano sollecitato in modo estremo la sensibilità e l'ambizione di Giovanni Succi. La sua capacità di esaltarsi era una virtù che moltiplicava le forze, ma questa tensione della personalità era così violenta e centrifuga che scavava delle zone d'ombra, dei vuoti, dei mancamenti. C'erano dei pomeriggi in cui non avrebbe saputo dire cosa aveva fatto la mattina, e delle notti in cui gli sembrava di non esistere.

«Attento» gli disse la voce dello stregone.

Perché mi dice di stare attento? Dove mi trovo veramente? si chiese Giovanni. Un venticello fresco sulla nuca diradò le nebbie e gli rinfrescò le idee. Si trovava sul tetto di un palazzone grigio e stava per buttarsi di sotto, sicuro di non farsi male. Anzi, di stare meglio.

«Sciocco» gli disse la nonna. «Fermati, dai retta allo straccione».

Giovanni si fermò e guardò in basso. Perché costruivano dei palazzi così alti e così grigi? Cosa stava facendo lassù, con tutta quell'aria sotto? Come aveva potuto pensare che non si sarebbe fatto niente? Mirzan gli ripeteva sempre che in lui c'era il futuro dell'umanità. Ma allora il futuro dell'umanità era questo? Buttarsi di sotto? Non sembrava così bello. Spaventato da sé stesso si bloccò.

«Bravo» gli dissero lo stregone e la nonna con una voce a due toni.

Ritirò il piede dal vuoto. Si era fermato oltre il ciglio dell'abisso.

In quell'occasione, mostrò una grande capacità di de-esaltarsi. Non sono immortale, si disse. Scese dal palazzo e, in due parole, rifiutò il glorioso futuro ipno-spiritico, ferendo il cuore di Giovanni Mirzan, che trovava tutto molto ingiusto.

«Meglio così. Non mi è mai piaciuto» commentò la nonna.

Giovanni Succi e Giovanni Mirzan si separarono, le loro vite presero strade diverse. Mirzan cambiò nome e si incamminò verso una luminosa carriera politica, divenne un uomo noto a tutti e, effettivamente, cercò di guidare le masse. Non perse mai l'abitudine di attribuire le proprie idee (e soprattutto le colpe) agli altri che, non si sa perché, finivano per credergli. Solo il digiunatore aveva visto l'abisso e si era fermato in tempo.

Giovanni smise di scrivere numeri sul suo diario e riprese con le parole, più deboli solo in apparenza.

L'uomo più furbo del mondo

La pensione di Giovanni Succi doveva essere un habitat lussureggiante, pieno di anfratti, cunicoli comunicanti e rifugi segreti, a giudicare dalla ricca fauna umana che vi gravitava attorno. A meno che non fosse la sua presenza ad attrarre gli esemplari di maggior pregio dagli oceani metropolitani. Qualche tempo prima che il digiunatore tentasse di volare, era capitato Dalton, un ipnotizzatore amico di Lux. Il giorno in cui Giovanni ruppe il digiuno, durante il pranzo spettacolare che segnava il ritorno del nostro uomo alla vita comune, Dalton ricapitò e disse: «Ti devo presentare l'uomo più furbo del mondo». Giovanni non sapeva cosa fosse la furbizia. Non ci aveva mai pensato. Ma una definizione come questa era fatta per incuriosirlo. Accettò di parlare con l'individuo dotato di quel misterioso potere.

Il giorno dopo Succi e Achille Ricci pranzavano insieme. Achille fissava ammaliato il digiunatore mangiante. Riconobbe in lui due potenti figure simboliche: l'asceta che rifiuta il cibo e il grande mangiatore. Un'unione impossibile. Eppure era lì, sotto i suoi occhi. Gli occhi sfavillanti da profeta, il fisico massiccio da lottatore. Una creatura mitologica dei nostri tempi.

«Parlami dell'elisir» disse Achille.

Gli aveva dato subito del tu e aveva un atteggiamento da impresario. Giovanni ricordò quello che si era ripromesso.

«Non ho bisogno di un impresario».

«Non sono il tuo impresario, sono il tuo segretario particolare».

Perché parlava al presente, come se fosse già tutto stabilito? Giovanni si era perso qualcosa? Era una delle sue amnesie? No, era il modo di fare di Ricci, era così che concludeva i suoi accordi: dandoli per conclusi.

La nuova parola, «segretario», piacque al digiunatore. Per cui acconsentì.

«Il liquore non conta» spiegò Giovanni. A volte lo chiamava liquore, altre volte elisir e in altri modi ancora. Alcuni ritengono che lo facesse per mantenere il mistero sulla bevanda, più probabilmente usava la prima parola che gli capitava sottomano.

Altre volte Succi aveva sostenuto il contrario: che il liquore era fondamentale. Achille rimase a bocca aperta, ma solo interiormente. Fuori aveva una bocca come tante altre, era un uomo di mondo.

Quello che è certo è che Succi sapeva essere spiazzante. Anche l'uomo più furbo del mondo faticava a seguirlo. Gli fece delle domande per mettere a fuoco il concetto.

«Ma guarda, te lo potrei dire anche ora, il segreto della ricetta» disse Giovanni.

Il segretario non vedeva l'ora.

«Ma non cambierebbe niente» continuò il digiunatore.

Infatti non glielo diceva.

«Quando renderò pubblica la ricetta, ognuno potrà prepararsi il mio liquore in casa propria».

«Questo è molto interessante. Ma eviterei le rivelazioni pubbliche» disse Achille, cauto, meditabondo, ingolosito all'idea di brevettare e mettere in commercio la bevanda segreta.

«Ma Mirzan dice che l'elisir deve essere di tutti».

Nonostante la recente separazione, era ancora sotto l'influsso delle idee di Mirzan, che si erano sovrapposte al socialismo romagnolo dell'amico Luca. L'idea fondamentale era semplice e bella: i suoi poteri dovevano essere condivisi.

Probabilmente Achille non aveva capito bene la portata morale del discorso.

Giovanni spiegò la profonda chiarezza mentale a cui si arrivava attraverso il suo metodo.

«Chiarezza mentale?» chiese Ricci. «Ma chi la vuole la tua chiarezza mentale!»

Questa frase esplose nella mente di Giovanni. La chiarezza mentale era per lui il massimo valore, forse perché era confuso.

«Tu non vuoi la chiarezza mentale?» gli chiese, cercando di aggrapparsi a quelle parole che sembravano dire tutto ma – ora se ne rendeva conto – non dicevano nulla.

«Per carità, no. Voglio solo diventare ancora più furbo di quello che sono».

«Amo questo gentiluomo incantevole. Mi fa tornare ragazzina» sussurrò la nonna.

«Non hai una lira, vero?» gli chiese il segretario. Anche lui sapeva essere spiazzante. «Non ti preoccupare. Non sai fare affari. È facendo affari che si distribuisce ricchezza al popolo. Perché poi vai al ristorante. Ti insegnerò io».

Che bello. Giovanni si sentiva come liberato.

«Ricorda il mio motto: *Vulgus vult decipi*».

«Eh?»

«Il popolo vuole essere buggerato» tradusse. E poi, con un gran sorriso: «Non vorrai deluderlo».

Il destino di Achille

Achille Ricci era cugino di Corrado Ricci, famoso archeo-
logo e storico dell'arte, futuro senatore d'Italia e firmata-
rio del Manifesto degli intellettuali fascisti (alcune strade
portano il suo nome). Luigi, padre di Corrado e zio di
Achille, fu uno dei primi fotografi della storia. Achille
era cresciuto in una famiglia seria e colta e si era sforzato
di essere serio e colto anche lui ma poi si era stufato ed
era diventato l'uomo più furbo del mondo. La sfrontata
definizione era sua e mirava a porre una distanza rispetto
all'ambiente che l'aveva partorito. Aveva girato il mondo ed era stato segretario di individui eccentrici come
l'uomo a vapore (uno che correva centinaia di chilometri
con un bastone in mano) e lo stesso ipnotizzatore Dalton
che l'aveva presentato a Succi. Aveva inventato il bagno
a dondolo, una vasca oscillante che produceva onde fatte
in casa. Di questo oggetto si erano venduti 50.000 pezzi.
Disse al digiunatore: «Quello che fai è meraviglioso. Ma
devi stare più attento alle notizie che dai su te stesso».

«Certo» disse il digiunatore sgomento. Come si è visto, era da un po' che cercava di capire il concetto di
notizia, ma non riusciva a afferrarlo. Un personaggio mi-
tologico fatica a capire le notizie.

Achille disse: «Adesso hai bisogno di un digiuno scientifico».

«Perché, quelli che ho fatto finora non sono scientifici?»

«No di sicuro».

«E non avevi detto che il popolo deve essere buggerato?»

Achille non rispose. Fece un gesto infastidito. Uomini come lui non sono fatti per la coerenza.

«Prima farai un digiuno scientifico. Sto trattando con l'università di Firenze. Poi faremo affari».

Affari, che parola poetica. Giovanni sorrise felice pensando a suo padre: che per lui rimase sempre *il grande affarista*. Aveva trovato una nuova missione.

L'uomo più furbo del mondo spinse il digiunatore a commercializzare il proprio talento. Per far questo, Giovanni doveva dedicarsi lucidamente al business e allo spettacolo. Achille Ricci aveva intuito il vero futuro dell'umanità. Era dunque un sapiente. Che poi fosse furbo davvero, non saprei. Si descriveva come furbo per l'orrore che gli facevano coloro che si descrivono come buoni.

Il sodalizio con il digiunatore durò molti anni e portò Giovanni Succi alla consacrazione. Ad Achille non interessava essere consacrato: preferiva la bellezza delle persone e le delizie della tavola. Sperperatore formidabile, gli piaceva la bella vita e la ottenne. Con Giovanni Succi girarono il mondo e conquistarono l'America, nomadi dei grandi alberghi ma anche delle stamberghe. A seconda dei periodi. Non mancarono infatti periodi difficili. Inanellare un digiuno glorioso dopo l'altro e vivere di questo non è facile. Secondo alcuni studiosi, Achille iniziò il

digiunatore alla cocaina ed era troppo attratto dal gioco
d'azzardo e dalle speculazioni in borsa. Non accumulò
fortune. Gli introiti erano intermittenti. Le spese folli.
Disse: «Quando Succi digiuna, io mangio, quando lui
mangia digiuno io. Solo che nessuno mi viene a vedere».

Fuori di cervello

Esiste un animale marino, l'ascidia, che se ne va in giro lasciandosi portare dalle correnti, ora qua ora là, verso un posto migliore. Quando trova il posto migliore – lo trova sempre – si lascia andar giù, si ancora al fondo e dà inizio a un'esistenza stanziale. Ma non per questo inoperosa. Si concentra. Percepisce i propri organi uno per uno. Ne cambia la disposizione interna. Perde la coda: perché tenersi una coda se stai fermo? Meglio semplificare. Alla fine l'ascidia si mangia il cervello, che a quel punto non serve più.

Questa storia, detta con altre parole (quelle vere ormai sono andate perdute), il digiunatore l'aveva sentita da bambino, da uno di quegli uomini prodigiosi dell'Adriatico che portavano i granchi e si esibivano immergendosi nel porto canale. La nonna li definiva dei tipacci, «ma aiutami a dire tipacci». Quando voleva dir male di qualcuno invocava spesso l'aiuto del suo interlocutore, anche se non ne aveva bisogno. «Molisani» aggiungeva. Pronunciava questa parola arcana in modo secco e veloce, con il massimo disprezzo. Era forse una maledizione, certo una sentenza definitiva. «Quelli si mangiano il cervello a forza di bere» aveva detto la nonna. Fin da piccolo Giovanni aveva capito che era una bugia: non si può mangiare bevendo. Lo stregone invece li apprezzava, gli uomini prodigiosi dell'Adriatico. Il fatto che lo stregone, in realtà, non li avesse mai incontrati, perché non si trovava a Cesenatico Ponente quando Giovanni era bambino, non turbava il digiunatore. Per lui l'ordine degli avvenimenti non aveva importanza. Il prima e il dopo ti confondono le idee.

Il punto è che anche Giovanni, a volte, sentiva il bisogno di semplificare. Anche a lui, a volte, sembrava che il suo corpo avesse troppi pezzi. Troppa roba. Oppa Oba, come diceva da piccolo. Un altro non avrebbe saputo come risolvere questo eccesso di sé stesso. Ma lui portava dentro di sé i segreti dello stregone. E così appoggiava la lingua al palato, calmava il respiro, rallentava il cuore. Si concentrava (mettiamo) sul proprio piede, dopo un po' sentiva di essere solo quel piede. O la mano, o la parte interna dell'orecchio. Qualsiasi parte del corpo, interna o esterna. Per esempio, naturalmente, lo stomaco, che diventava un universo completo in cui avrebbe potuto entrare per farsi una passeggiata.

Questa potenza di identificazione in un pezzo del corpo a scapito degli altri era meravigliosa: chi non vorrebbe essere un alluce privo di cervello? Ma anche pericolosa. In certi momenti gli pareva seriamente di poter fare a meno del cervello. *Voleva* fare a meno del cervello. Proprio come l'ascidia. Ecco perché (a differenza dell'ascidia, la cui scelta è troppo radicale) cercava sempre qualcuno che usasse il cervello al posto suo. Lui aveva cose più importanti a cui pensare.

Origine dei duecentoventi

Firenze era piena di persone pronte a pensare per lui: almeno duecentoventi. Infatti, durante il suo digiuno fiorentino, fu seguito da duecentoventi medici selezionati dall'Accademia di Medicina. (E chissà quanti furono gli esclusi.) Chi gli controllava il respiro, chi il cuore, chi le urine, chi la saliva, chi la forza muscolare, chi i movimenti delle palpebre, chi il peso, chi la crescita dei peli, chi la vista, chi la vitalità sessuale e così via. Il tutto moltiplicato per duecentoventi specialisti con i relativi, meravigliosi apparecchi. Misurazioni ben più affascinanti di quelle a cui era abituato. Duecentoventi verità che lo seguivano quando si muoveva (durante quel digiuno ci furono vari spostamenti) e lo circondavano quando stava fermo. Questo idealmente. Nella realtà i duecentoventi facevano dei turni. Seguirlo tutti insieme si era rivelato scomodo e c'erano state delle proteste quando passavano in vie strette. Per cui il corteo era stato ridimensionato. Ma lui, che aveva poco interesse per il prima e il dopo, aveva pochissimo interesse per i turni. Coltivava la sensazione esaltante di essere seguito da un codazzo enorme di persone, che pochi re o imperatori hanno avuto. «Sono come Cleopatra» disse. Una donna di cui non sapeva niente. Ma in fondo sapeva poco anche di sé stesso.

All'inizio di ogni esperienza era sempre entusiasta, per la sua forte volontà di credere e di aderire (come l'ascidia) a qualcosa di solido. La fiducia *naturale* che era alla base della sua amabilità cercava un supporto su cui prosperare. Più tardi subentrava un'inquietudine, il dubbio che il fondo non fosse poi così solido. Anzi, magari non era neanche il fondo. Ma questo si vedrà, o già si è visto.

Intanto, quando percorrendo una via si voltava verso i duecentoventi (li chiamava così anche se erano dieci), sorrideva beato e diceva: «Chi mi ama mi segua».

Il Corriere spiritico

Nella rivista scientifica fiorentina *Sperimentale* del marzo 1888 apparve un articolo di Angiolo Filippi:

«Oggi il sor Giovanni Succi è qui a Firenze; ed è a Firenze tra le cento e più braccia dell'Accademia Medico Fisica fiorentina; e nelle spire soavemente stringenti di quel serpente fascinatore di Luigi Luciani, fisiologo sommo; il quale, appena saputo che il sor Succi non era alieno da ripetere il digiuno, lo attirò soavemente nel suo Laboratorio; e lì, con quella dolcezza di parola lenta, melliflua, a tempo scattosa, lucente dagli occhi tagliati a mandorla, accompagnata dal moto dolce di due manine da donna, bene spesso atteggiate a ugnozzi di falco scientifico, vide nel Succi un cane umano».

Luigi Luciani, medico fisiologo tra i più importanti dell'epoca, fu il primo in Italia a trattare scientificamente il digiuno. Prima di avere sottomano Succi aveva fatto digiunare dei cani, che il dio dei cani lo perdoni. Era il personaggio più illustre e fu lui il capo dei duecentoventi, fu lui a dirigere il digiuno. Personalità autorevole, «pontificale» come disse Filippi. Nel corso dei trenta giorni, tra Luciani e Filippi divampò uno scontro di idee a base di dati.

Angiolo Filippi, medico legale abituato ai veleni, sosteneva che la chiave di tutto era il misterioso elisir. Luigi Luciani, fisiologo fiducioso nel corpo umano, sosteneva che la chiave stava nelle segrete risorse della fisiologia umana e che la sostanza misteriosa non era poi così importante. Noi non possiamo entrare in questo duello titanico a base di chiavi.

A quanto pare «vinse» Luigi Luciani. Perlomeno disse di aver vinto. Il punto più importante mi sembra il seguente: all'inizio sia Luciani che Filippi avevano paura di essere presi in giro e di perdere la reputazione «perché non procedendo cauti si sarebbe potuto facilmente compromettere l'onore di un Sodalizio rispettabilissimo». Alla fine, tutti gli scienziati coinvolti, compresi tre giovanissimi che si facevano chiamare «gli increduli», concordarono sul fatto che qualunque fosse la spiegazone delle sue prodezze, una cosa era chiara: Succi non era un imbroglione.

Era però inafferrabile. Un'ascidia sempre pronta a staccarsi dal fondo e ripartire, prima di aver finito il cervello. Mentre si abbandonava nelle braccia del positivismo, ansioso di trovare qualcuno che lo definisse, offrendo il suo corpo alla scienza come un laboratorio portatile, a cavallo del progresso, ammaliato dal luccichio degli strumenti, affascinato e spaventato da sé stesso, assetato di controllo e di sorveglianza razionale, finalmente rispettato e inquadrato una volta per tutte, riconosciuto come essere umano più o meno normale, ecco che sfuggiva alla sicurezza raggiunta, sfuggiva ai suoi stessi desideri e partiva per la tangente, la sua destinazione preferita. Indomabile: un leone.

Nell'articolo di Filippi si legge che durante il digiuno Succi *continuò a tenere* la direzione del *Corriere spiritico*.

Che tipo. Era dunque riuscito, non si sa come, a diventare non solo giornalista ma perfino direttore di un giornale. La cosa ebbe eco internazionale, come risulta anche da *The Two Worlds*, pubblicazione spiritista in lingua inglese del 23 marzo 1888.

«Lascia perdere gli spiriti» gli disse lo spirito della nonna. Ma lui niente.

Non si sa quando Succi lavorasse alla direzione del suo giornale. Probabilmente mai. Nessuno dei duecentoventi lo vide all'opera. Che si sappia, di questo giornale non uscì neanche un numero, nel mondo terreno, il mondo numero uno. O forse il due? Più spiritista di così.

Il celeste impero

In occasione del carnevale del 1888 l'antico ghetto di Firenze fu trasformato in un pezzo di Cina. Artisti, operai e artigiani di ogni tipo trasfigurarono il quartiere in soli quattordici giorni. Fiorirono fumerie d'oppio, negozi pieni di seta, piante cinesi prese nel parco delle Cascine. Dragoni rossi e gialli. Pagode. Ideogrammi. Gatti cinesi. Vasche con carpe immense. Figuranti orientali che parlavano una lingua misteriosa, ignota anche ai cinesi. L'illusione di essere nel Celeste Impero era perfetta, per chi non c'era mai stato. Venne edificata anche una piccola muraglia cinese, con fuori tre milanesi vestiti da unni. Un po' come essere a Las Vegas, o in una festa rinascimentale. Giovanni Succi visitò il Celeste Impero al ventitreesimo giorno di digiuno, sempre più in forma.

Cavalcò alle Cascine. Passeggiò, corse, saltellò e fece numerose capriole nell'appartamento che gli era stato assegnato dagli organizzatori. Il comitato scientifico, infatti, aveva deciso che non c'era nessuna ragione seria per cui dovesse abitare in una scatola, una botte, una gabbia, una casetta di vetro o cose del genere, buone per incantare il volgo. Achille Ricci aveva protestato, perché così l'evento perdeva in spettacolarità. «Il volgo ha i suoi diritti» aveva detto. E aveva aggiunto: «Se Gesù fosse stato crocifisso in un appartamento, invece che in cima a una montagna, non sarebbe stata la stessa cosa». Uscita incauta che fu criticata anche dagli atei. In ogni caso: il comitato ribadì che un appartamento andava benissimo.

Luciani aveva l'eccezionale capacità di trovare tutto normale. Ribadì che in fondo quello che faceva Succi avrebbe potuto farlo chiunque, posto nelle opportune condizioni.

«Ma allora aveva ragione Mirzan» disse il digiunatore. «Grazie al mio esempio l'umanità potrà un giorno fare a meno del cibo».

L'uomo più furbo del mondo intervenne: «Se tutti digiunassero, i ristoranti andrebbero in rovina. I macellai si taglierebbero la testa con la mannaia. I fruttivendoli si impiccherebbero agli alberi. I pescatori si affogherebbero. Sarebbe la fine del mondo».

Giovanni sorrise confortato: gli piaceva il modo di parlare iperbolico dell'uomo più furbo del mondo.

Durante la visita al Celeste Impero incontrò un cinese che gli sembrava di conoscere.

«Da dove vieni?»

«Da Forlì».

Era Francesco Vinea, pittore perseguitato dalla povertà, appassionato di travestimenti. Uno degli ideatori del Celeste Impero, manifestazione grazie alla quale era riuscito a rimettersi in sesto. Francesco Vinea conosceva Luca, l'amico di infanzia di Giovanni. Il digiunatore avrebbe voluto ragionare di socialismo romagnolo. Ma non riusciva a parlare con tranquillità perché gli misuravano non so cosa. Aveva addosso un podometro che a fine giornata segnava il numero dei passi. Ma per sicurezza c'era anche un podometro umano, cioè una persona che seguiva il digiunatore e a ogni ora annunciava al mondo il numero dei passi. Così, proprio mentre gli misuravano tutto e lui cercava di parlare con il conterraneo Francesco Vinea, risuonò la voce del podometro umano.

Giovanni avvertì un disagio che non avrebbe saputo spiegare, forse perché non era un disagio. Tutta quella gente attorno vestita in maschera (anche i medici erano vestiti in maschera), padrona di misurarlo quando voleva: ma lui dov'era? Era forse nel numero dei propri passi? O nei battiti del suo cuore? Doveva essere da un'altra parte. Tutte quelle misure lo allontanavano dal centro.

Non disse niente. Non mostrò il proprio fastidio. Non lo faceva mai. Non mostrava fastidio per nessuno. Era interessato a tutti. Forse per questo i suoi controllori arrivarono a duecentoventi. Infatti crebbero a poco a poco, rivestendo il duplice ruolo di controllori e di seguaci, guardiani e fedeli. Per la prima volta, erano al cospetto di un uomo che, prodigioso o buffone che fosse, aveva una qualità sovrumana: non disprezzava nessuno.

Le maschere

Le discussioni tra Filippi e Luciani continuavano felicemente. Litigavano e si divertivano. Il che sembrerebbe dimostrare che la mitezza e la benevolenza non costituiscono l'unico modo di vivere bene.

Filippi una sera, trovando la boccia piena del liquido, l'aveva afferrata per prendere un sorso. Succi gli aveva fermato il braccio e aveva detto «No no... ma che fa?... Bisogna essere da lungo tempo abituati a prendere quel che prendo io. Lei si avvelenerebbe. Ci vuole anche l'influenza del pensiero sulla materia».

Luciani ribadì che erano schiocchezze, la sostanza non contava poi molto, il punto decisivo era il metodo.

Filippi invitò Luciani a digiunare con quel metodo.

Cercarono di coinvolgere Succi, che cominciava a essere stanco della loro intelligenza. «Il miglior modo di vincere una discussione è evitarla» gli disse lo stregone. Smise di rispondere alle domande e sentì il bisogno di purificarsi. Si lavava e si vuotava lo stomaco destandovi le contrazioni antiperistaltiche per vomitare. Certi suoi parenti, che abitavano sulle colline vicino a Firenze, vennero a trovarlo proprio nel momento in cui vomitava e lo invitarono a passare qualche tempo da loro, una volta finito il digiuno. Poi se ne andarono e si fermarono a parlottare fuori dall'appartamento. Giovanni, dotato di un udito acuto, sentì che erano preoccupati per lui. Avendolo colto nel momento in cui vomitava volontariamente temevano un comportamento autodistruttivo. Cosa che lui non aveva mai sospettato di sé stesso.

Doveva smetterla di affidarsi a cervelli altrui! Riattivò il proprio. Per fortuna non se l'era mangiato. Chiese e ottenne tutti gli appunti che avevano scritto su di lui, dal punto di vista fisico e psichiatrico. Voleva riprendere il controllo della situazione. Non erano le misure in sé a disturbarlo, piuttosto la loro mancanza di delicatezza. Lesse migliaia di pagine in una notte (quando mangiava era svagato, ma quando digiunava la sua capacità di concentrazione era sbalorditiva). Che poi le capisse non credo. Ogni specialista aveva redatto il suo bravo fascicolo, con un punto di vista diverso. Ogni punto di vista era una maschera. Non è che quelle maschere fossero false, anzi. Erano tutte vere. Era questo il problema. Individuo superbamente suggestionabile, si sentì una somma di fascicoli. Un aggregato di parti.

«È questo che sei» disse lo stregone.

Lo disse al segretario che, barcollante e di ritorno da uno dei suoi festini, alzò il bicchiere e rispose: «Sei gli affari che faremo». Questo lo rassicurò, un bel concetto solido.

«Ma va là sciocco, sei mio nipote» gli disse la nonna, capace di raggiungere, in due parole, verità semplici e geniali cui non aveva pensato nessuno.

La vendita dell'immortalità

Il digiuno di Firenze era durato dalla mezzanotte del primo marzo 1888 a quella del 31 marzo, fine della Quaresima. Succi porterà a compimento digiuni anche più lunghi, ma fu questo a segnare la consacrazione internazionale e l'apice della sua carriera in termini di credibilità scientifica. *Scientific American* pubblicò la relazione della commissione di controllo. Ogni scetticismo era sparito, l'Accademia medico fisica fiorentina gli dette un diploma. Dai giornali europei e americani risulta che il successo di Succi derivava anche dal fatto di essere «un uomo agile e muscoloso con un'apparenza che colpiva e un aspetto italiano che piaceva alle donne» (*The Succi Solution*).

Giovanni ruppe il digiuno con moderazione, rispetto ad altre volte: brodo di carne e poi brodo con tapioca. Nonostante le sue incursioni nell'infinito cominciava a sentire gli anni. Mentre era lì che sorbiva il brodo, già il segretario Achille Ricci, diploma alla mano, si dava da fare per promuovere la sua figura nel mondo procurandogli lucrosi contratti.

Giovanni si trasferì dai suoi parenti, sulle colline sopra Scandicci.

«Poverino, stai male?» gli chiese una prozia con le palpebre semichiuse per la noia degli ultimi trent'anni. Lui con una sola mano sollevò la sedia dove era seduta la prozia (magrissima) e rispose: «Oggi mi sento un po' debole». Lei spalancò gli occhi. Vide che in lui non c'era niente di autodistruttivo. Era un tipo allegro ed era un piacere stargli accanto.

Giovanni si lavò senza asciugarsi, si spazzolò le parti intime e chiese che gli scavassero una buca lunga due metri, a sue spese. Senza spiegare perché. Dopo qualche giorno di vita normale si infilò nella buca e si fece coprire di terra. Visse sepolto una settimana. Secondo alcune fonti respirava attraverso un tubo, secondo altre non aveva neanche quello. Uscì raggiante e mangiò felice, ancora coperto di terra.

E non è successo una volta sola. Ma sempre. Giovanni partiva, poteva stare via mesi, anni o pochi giorni. Tornava all'improvviso e, dopo una settimana di vita normale, chiedeva la sua buca, che gli serviva per allenarsi, o per rilassarsi.

Già mentre gustava il primo soggiorno nella buca, Achille Ricci iniziò le pratiche che lo avrebbero portato a brevettare le salutari sigarette X che (questa era l'idea) erano le preferite del digiunatore e favorivano la lucidità e le prodezze. Fu poi la volta della miracolosa acqua K, depuratrice e quasi santa, e del portentoso liquore Z, fonte di energia incontenibile. Non ne facciamo il nome perché alcuni di questi prodotti sono tuttora in commercio. Achille Ricci anni dopo, quando tutto era finito, raccontò di aver inventato una bevanda contro il mal di testa e la stanchezza. Il nome scelto non era azzeccato e la bevanda non ebbe successo. La ricetta gli fu poi rubata da un farmacista americano e divenne nota come Coca-Cola. Achille lasciava credere che il digiunatore fosse immortale grazie ai prodotti che reclamizzava. Non aveva tutti i torti, visto che alcuni di questi prodotti sono tuttora in commercio. Ancora oggi, senza saperlo, noi beviamo e fumiamo le ricette segrete di Giovanni Succi.

L'isterica perfetta

Vennero gli anni della gloria. Si esibì in tutto il mondo. Espressioni come «Io non sono il Succi» o «Non posso fare come il Succi» entrarono nel linguaggio comune per indicare prestazioni impossibili. Impossibile è descrivere nel dettaglio tutto quello che fece dal 1888 al 1908 senza perdere l'essenza.

Nonostante la sorella quasi santa, Giovanni non aveva mai capito cosa fosse la religione. Ma attirò alcuni religiosi eterodossi che ebbero la tentazione di fondare un culto su di lui. Vincendo l'istinto di mangiare, e a volte anche quello di respirare, sosteneva di accedere a forme superiori di esistenza e di viaggiare nello spazio profondo, ricevendo sogni e visioni che venivano dal passato e dal futuro. Dialogò con santi e mistici, colleghi digiunatori di tutti i tempi. Ogni tanto intercettava anche la mente di persone qualsiasi, e qualcuno poi continuava a pensare a lui e ne scriveva. Una particolare intensità raggiunsero i dialoghi con santa Caterina da Siena, a cui avrebbe descritto certe ricette della cucina romagnola. Immagino che questo sia un dettaglio inventato da Achille Ricci, che come tutti i grandi non temeva il ridicolo.

All'esposizione universale di Parigi del 1889 Giovanni

salì di corsa sulla Torre Eiffel appena aperta al pubblico. Indossava una pesante armatura metallica. Durante la discesa fece qualcosa di sbagliato perché poi lo portarono in manicomio. Mentre lo trascinavano alla Salpêtrière cantava a squarciagola l'aria *De' miei bollenti spiriti*, di Giuseppe Verdi. Incontrò nuovamente il grande Charcot, che dirigeva il manicomio. L'aria *De' miei bollenti spiriti* (che Giovanni continuava a cantare instancabile) fu trasformata in canto ipnotico da una paziente e diventò una specie di inno delle famose isteriche di Charcot. C'è chi dice che le scene da pazzo di Giovanni Succi sulla Torre Eiffel avessero proprio lo scopo di condurlo da Charcot perché lo studiasse.

Il medico gli chiese:

«Lei è sonnambulo?»

«No».

Passò un'ombra sul viso del pazzologo, come lo chiamava Giovanni. Il digiunatore ebbe episodi di sonnambulismo. Diventò, disse Charcot, l'isterica perfetta. Troppo perfetta. Il grande medico si accorse che Succi assecondava le sue aspettative con sintomi impeccabili. Questo lo fece riflettere, il che va a suo merito: pochi sono gli uomini che dubitano quando ricevono troppe conferme. Ma il medico non era solo un fenomenale teatrante, un uomo di grande fascino. Capì che le pazienti facevano di tutto per compiacerlo ed entrare nel meraviglioso spettacolo della malattia mentale, che ti dispensa da tutte le altre preoccupazioni. Alcune fingevano patologie che non avevano o, peggio, il loro desiderio di apparire squilibrate le faceva impazzire. Quando se ne rese conto, Charcot riconsiderò radicalmente il proprio rapporto con le pazienti e divenne il meno affascinante possibile.

«Pensa che dovrebbe stare qui?» chiese sobrio a Giovanni.

«Penso che tutti dovrebbero stare qui».

Il giorno dopo lo fece uscire.

Buffalo Bill

L'unica impresa che non riuscì mai al digiunatore fu quella di diventare pazzo. Le voci che sentiva e a cui rispondeva – la nonna, lo stregone, i saltimbanchi e le altre – se anche erano fantasie si mantennero sempre nei limiti in cui dovrebbe mantenersi una voce per bene. Gli atteggiamenti da squilibrato non intaccarono la sua carriera.

Nel 1890 Buffalo Bill, famoso cacciatore di bisonti, era in Italia con il suo circo. A febbraio si tenne una sfida in Maremma tra lui e i butteri. Dovevano domare cavalli.

Le pacchianerie ambulanti non potevano che attrarre il digiunatore.

«Buffalo Bill: un avventuriero» commentò secca la nonna. La parola avventuriero era sempre, per lei, velata di disprezzo, soprattutto se al femminile. Un'avventuriera era per forza una poco di buono. Il digiunatore fin da bambino avvertiva il fascino di quella parola che prometteva emozioni grandi e vagamente proibite. Andò dunque in Maremma per vedere Buffalo Bill all'opera. Gli interessava soprattutto osservare come entra in scena un avventuriero.

I due uomini, fanfaroni di livello mondiale, erano nati per intendersi. Il fatto che fossero tutti e due megalo-

227

mani non li separò. Credevano alle rispettive menzogne con un'intensità che li rese amici. Giovanni Succi non era particolarmente interessato alla sfida con i butteri e ai cavalli. Ma ai bisonti sì, forse per le sue esperienze vere o false con i bufali africani. Allora Frederick (questo era il nome di Buffallo Bill quando non recitava) gli parlò delle grandi pianure americane piene di bufali. Vere o false che fossero le sue storie, quell'uomo sapeva come raccontare un paesaggio. I sogni del digiunatore relativi a orizzonti illimitati si risvegliarono come non gli accadeva da tempo. Non vaghi spazi infiniti in attesa di un nuovo tipo di uomo elettromagnetico, ma pianure reali, percorribili con un corpo qualsiasi.

«Voglio andare in America, nelle grandi pianure dei bisonti» disse al segretario.

«Ti ci porto subito. Ma prima passiamo da Londra» rispose l'uomo più furbo del mondo.

Il ragazzo leone a New York

A Londra digiunò per quaranta giorni al Royal Acquarium, fumò due pipe al giorno, dimagrì trentaquattro libbre, intascò tremila sterline e partì per l'America.

Arrivando a New York, notò subito che il paesaggio era diverso da come avrebbe dovuto essere. «Dove sono le grandi praterie piene di bisonti?»

«Non sono lontane. Ci andiamo presto» mentì il segretario.

Lo chiamarono Lion Boy, il Ragazzo Leone. Un nome da supereroe: c'è chi lo considera il primo supereroe americano. La lingua inglese gli urtava il sistema nervoso (come diceva sua nonna) ma immettendo un po' di parole locali nel suo linguaggio universale, aiutandosi con sguardi africani e gesti indoeuropei, riusciva a comunicare. Il 5 novembre mangiò: acciughe, trota bollita, olive, sedano, grissini, risotto, pernice arrosto, quaglia arrosto, uva, pere, e bevve una bottiglia di Chianti. Poi digiunò per quarantacinque giorni al Music Hall Koster & Bial's. Se ne stava nella hall, dietro una transenna. Lo sorvegliavano sette dottori e molti studenti del Bellevue Hospital. Migliaia di persone pagarono il biglietto per guardarlo. Beveva la sua famosa medicina «per alleviare il mal di stomaco». Disputò una partita a biliardo che rimase nella leggenda. Il 21 dicembre, terminato il digiuno, pare fosse debole, per i suoi standard. Quasi simile a un digiunatore normale. Per la prima volta le sue forze non erano aumentate, ma nessuno lo notò. All'annuncio che l'impresa era riuscita il clamore della folla fece tremare l'edificio e fu registrato dai sismografi. Questo fa di Giovanni Succi un fenomeno naturale. Seguì una cena sontuosa.

Entrò in contatto con un nucleo di anarchici italoamericani che avevano sentito parlare di lui da alcuni viaggiatori socialisti. Gli presentarono uno scienziato proveniente dall'Europa orientale, famoso o famigerato. Sosteneva che un uomo come Giovanni – pieno di flussi elettrici – avrebbe potuto accendere una lampadina (oggetto di recente invenzione) semplicemente toccandola. Poteva diventare il primo Uomo Lampadina. E questo era solo l'inizio! Addestrando la popolazione, l'elettricità sarebbe stata alla portata di tutti. Il che avrebbe sottratto la nascente industria elettrica al dominio capitalista.

L'esperimento non riuscì, forse perché Giovanni si sottrasse alla prova. Aveva già dato: per lui questa novità era già vecchia. Forse tutti i digiunatori appartengono a un'unica stirpe antichissima e sanno molte cose senza saperle. Era stanco di prodezze di questo tipo. Non credeva più al popolo che illumina il mondo. E poi a volte è meglio rimanere al buio.

Conobbe le sorelle Fox: Kate, Leah e Margaret, regine del primo spiritismo americano, legato alle lotte politiche radicali, tra cui l'abolizione della schiavitù e la parità delle donne. «Gli spiriti sono giusti» dicevano. Due anni prima, nel 1888, una delle due, Margaret, vedova di un esploratore artico, aveva confessato che era tutto un

230

imbroglio e aveva mostrato pubblicamente i loro trucchi, frutto di capacità eccezionali nello schioccare le dita
dei piedi facendo sembrare quei suoni colpetti di spiriti
espressivi. Quando Giovanni le conobbe, Margaret aveva ritrattato la confessione ma era troppo tardi. Erano
già come morirono: povere, in disgrazia, abbandonate.
Al digiunatore stavano simpatiche. Margaret gli spiegò
una cosa che Giovanni sapeva meglio di lei: il fatto che
fossero tre imbroglione non escludeva che avessero dei
poteri. Gli consigliò di andare a farsi un giro in un famoso ristorante. Qui Giovanni incontrò una donna bellissima. Nonostante ciò la riconobbe subito: era Zorza, la
belva della Lungara. Grazie ai consigli di Giovanni era
diventata una donna di grande fascino e aveva sposato un
miliardario americano. Si guardarono a lungo prima di
parlare. Se mai aveva amato una donna, questa era Zorza
la belva della Lungara. D'altra parte lui era il Lion Boy.
Le loro anime ruggirono insieme. Ci sono attimi che sono
divinità: questo fu uno di quelli.

Una convivenza difficile

C'è un momento, nella vita dei santi, in cui questi meravigliosi personaggi risultano insopportabili. In quel cruciale lasso di tempo, santi sono soprattutto coloro che gli stanno attorno. È quando la vocazione non è ancora emersa completamente, e premendo per uscire allo scoperto tormenta il soggetto. La sorella del digiunatore, Augusta Costanza Succi (oggi conosciuta come madre Valeria di San Sebastiano), futura fondatrice della Congregazione Pontificia Suore Oblate di Sant'Antonio di Padova, nel 1891 rimase vedova e andò ad abitare con Giovanni a Firenze, in piazza della Signoria. Giovanni e Augusta erano legati e conflittuali. È difficile che un fratello riconosca a una sorella l'autorevolezza della santità. E forse Augusta intuiva oscuramente che Giovanni sarebbe stato una santa perfetta. Lo criticava per i suoi digiuni.

«Ma anche tu digiuni» le disse.

«Ci sono digiuni che vengono da Dio e digiuni che vengono dal demonio» rispose lei.

«Un digiuno è un digiuno» disse lui.

La sorella lo interrogava sulla sua vita.

«Ma quella donna che entrava nella tua capanna quando eri in Africa: come andava via?»

Giovanni non comprendeva la domanda. Poi Augusta chiarì che, se la donna misteriosa usciva senza volgergli le spalle, allora era un demone. Perché i demoni sono imperfetti e hanno sempre qualche pezzo in meno.

Giovanni era esterrefatto. Che sorella strampalata. Avrebbe voluto dirle che la donna africana era un'invenzione, una storia che aveva inventato a beneficio degli europei, che avevano bisogno di favoleggiare di un figlio africano. Ma si trattenne.

«Smettetela di litigare» gli disse la nonna.

Poi Augusta Costanza ripartì in punta di piedi per il suo destino religioso. La vocazione si manifestò completamente nove anni dopo a Lecce, e quel giorno smise di criticare.

Anni disastrosi

Giovanni uscì destabilizzato dalla convivenza con la sorella. Comprò una casa sulle colline attorno a Firenze. Disse: «Mi fermo qui per sempre» e partì. A Londra nel 1892 per la prima volta fallì un digiuno: doveva durare cinquantadue giorni, ma lo interruppe al quarantacinquesimo.

Nel 1893 morì suicida il digiunatore americano (in realtà era inglese) dottor Tanner. Nel 1895, in Europa, venne riconosciuta ufficialmente la professione di «artista del digiuno». Spesso il riconoscimento ufficiale coincide con l'inizio del declino.

A Verona Giovanni chiese e ottenne di essere rinchiuso in prigione.

Nel 1896 all'Hotel Royal di Vienna digiunò in una graziosa casetta (esiste la fotografia) piena di scritte degli sponsor. Tutta l'aristocrazia andò a vederlo. Una boutique mise in commercio delle cravatte ispirate a lui. Nell'ultima settimana Succi fu sorpreso mentre si aiutava a tirare avanti con bistecche e champagne. Così dissero. Non ci credo. Bistecca e champagne è un abbinamento barbarico, difficile che l'abbia concepito Giovanni Succi. La notizia dette un duro colpo alla sua credibilità e quasi non lo pagarono.

All'Esposizione Generale di Torino del 1898 conobbe Emilio Salgari, che riusciva a scrivere grandi avventure esotiche senza viaggiare. Giovanni ed Emilio erano accomunati dal fatto che vivevano in uno stato di tensione nervosa insopportabile. Giovanni insegnò al suo nuovo amico come sopportarlo. Quattro anni dopo Salgari, riconoscente, parlò di Giovanni Succi nel romanzo *La montagna di luce*.

Nel 1898, a Buenos Aires, Succi digiunò (pare) per sessantasei giorni.

Nel 1899 eccolo in Brasile, in cui lo spiritismo, saldandosi a credenze precedenti, aveva una diffusione maggiore che in qualsiasi altro stato del mondo. Ricci consigliò dunque a Giovanni di calcare la mano sull'aspetto spiritista. Giovanni non aveva bisogno di quel consiglio: era consapevole di essere prima spiritista e poi digiunatore. Il dottor Giovanni Succi figura tra i relatori al Primo Congreso Internacional Espiritista.

Poi si verificò l'equivoco. Durante il digiuno baciava avidamente le lettere degli ammiratori, tra cui quelle dell'amico Luca: il loro legame resisteva alla distanza. Solo che, si scoprì, queste lettere erano cosparse di polvere di estratto di carne. La voce si diffuse in un attimo. E in un attimo la folla passò dall'ammirazione all'odio. Un odio talmente violento che sembrava covato da tempo. «È un tranello. È uno scandalo». Ruppero il lastrone di vetro e tirarono fuori il digiunatore per linciarlo. Achille Ricci riuscì a portarlo via un attimo prima che lo facessero a pezzi. I due si dileguarono lasciando tutti a bocca aperta.

L'episodio ricorda troppo la presunta truffa del dado Liebig, di cui era stato accusato in Egitto, per non essere falso. Molti anni dopo Achille Ricci, l'uomo più furbo del mondo, confessò che era stato lui a cospargere le lettere di carne in polvere, dopo aver sentito i racconti egiziani di Giovanni. «Fu una mia iniziativa. Succi era un prodigio della natura. La minuscola quantità di carne che può aver ingerito baciando le lettere non intacca minimamente la sua autenticità».

Lombroso

Giovanni tornò in Italia e gli capitò di essere deriso. Anche con certe canzoncine. Rispose con atteggiamenti da pazzo, un suo modo di cercare la tranquillità. Molti colsero l'occasione per dire: «Allora lo vedete che è pazzo!» Non riuscivano a separare l'atteggiamento dall'uomo.

Cesare Lombroso, celebre medico e studioso, lo difese. Oggi i più hanno un'idea limitata di Cesare Lombroso: per noi è quello che sosteneva di poter riconoscere un criminale dalla faccia. Invece era una voce autorevole. Sostenne una tesi interessante: Succi non era pazzo, lo era stato in passato qualche volta. E lo era stato a comando, con uno sforzo della volontà, per ottenere qualcosa. Era come se potesse immergersi nella pazzia con la forza della suggestione per uscirne dopo aver pescato qualche grosso pesce acquattato dentro sé stesso.

Lombroso, scienziato materialista, si era convertito allo spiritismo nel 1891 e seguiva con interesse la carriera internazionale della medium (e moglie di un prestigiatore ambulante) Eusapia Palladino. Disse che Succi non aveva ancora espresso tutte le sue potenzialità. Eusapia Palladino aveva come spirito guida John King, un pirata vissuto nel passato. Non si poteva escludere che Giovanni Succi avesse uno spirito guida che si trovava nel futuro. Bisognava lasciargli tempo.

Tutto questo può suscitare qualche perplessità. Ma la nostra epoca non ha il diritto di giudicare le altre epoche, come invece fa.

Altri autorevoli personaggi si espressero in favore di Giovanni. E lui si scrollò di dosso la derisione. O forse se la bevve: come un elisir. Con agile balzo rimontò sulla cresta dell'onda. A Genova, nel 1901, in occasione dell'Esposizione Industriale, furono stampate delle cartoline che lo ritraevano come risorsa per il futuro dell'Italia. Quanti sogni ha diffuso nel mondo! Ci dovrebbero essere statue che lo ritraggono, nelle piazze, dalle Alpi alla Sicilia. Forse ci sono. Sono statue invisibili, spiritiche. A volte, in certi momenti di grazia, le vedo.

Cinema e Kafka

Pare che l'avvento del cinema abbia danneggiato i digiunatori. E che il colpo definitivo sia stato inferto alla categoria dalle grandi dittature del Novecento, che li odiavano. Noi infatti, che in un modo o nell'altro siamo figli delle grandi dittature, non capiamo i digiunatori, e con la nostra indifferenza li abbiamo sterminati.

Ma Giovanni, con uno dei suoi colpi di genio, morì prima delle grandi dittature, forse informato dal suo spirito guida. E fece in tempo ad aiutare il cinema. Nel 1910, a sessant'anni, si esibì nella prima sala cinematografica di Bologna: il Cinematografo della Borsa. Assunto dall'esercente Carletti digiunò in una cabina di cristallo, per attirare il pubblico incerto verso lo schermo. In sala sedeva Achille Ricci che sorbiva e vendeva il *Liquore del digiunatore esploratore Giovanni Succi*. C'era anche un fachiro piemontese. Tra i visitatori ci fu Jean Méliès, illusionista e inventore del cinema fantastico, che finirà a gestire un chiosco di dolciumi e giocattoli a Montparnasse insieme a una sua attrice, ma intanto era all'apice del successo. Aveva visto Succi a Parigi, mentre, trascinato via dalla Torre Eiffel, cantava e si toglieva i vestiti che sembravano inesauribili, e ne aveva tratto ispirazione per uno dei suoi cortometraggi migliori.

Sempre nel 1910 Giovanni si esibì a Praga. Tra il pubblico c'era Franz Kafka. Lo scrittore, oggi perseguitato dall'aggettivo nato dal suo nome, aveva anche un lato giocherellone: era un appassionato di spettacoli circensi, varietà e cabaret ed era abbonato a riviste specialistiche come *Proscenium*. Chi ha visto una fotografia di Kafka non può dimenticare i suoi occhi. Instaurò un dialogo a base di sguardi col digiunatore che aveva – così disse all'amico Max Brod – uno sguardo da pantera. Dodici anni dopo, scrisse il racconto *Un artista del digiuno*. Il racconto inizia con queste parole: «In questi ultimi anni l'interesse per i digiunatori è molto diminuito». Un tempo pensavo fosse una battuta invece è la verità. Kafka coglie il momento del declino e intuisce che sarà impossibile spiegare il fascino dei digiunatori ai posteri. Pare che si sia ispirato a Giovanni. Solo che l'ha capovolto: il digiunatore kafkiano è uno scheletro triste, non mangia perché non trova niente che gli piaccia. Il vero ritratto di Giovanni Succi compare alla fine del racconto: una pantera che porta con sé la libertà e la gioia di vivere, anche in gabbia. Questa non può essere una coincidenza.

La cassaforte

Nel dicembre del 1908 il terremoto di Messina pose fine alla sua attività pubblica. Quella notte Giovanni sognò di essere un acrobata che precipitava, e sotto non c'era rete di protezione. Interpretò il terremoto e il sogno come un unico segno doppio e si ritirò. Andò a vivere a Casellina e Torri (Scandicci, Firenze) dove aveva comprato una villetta in collina. Ideò e costruì lui stesso una seconda casetta, accanto alla prima. Il risultato furono i muri sbilenchi, «che per pendenza davan dei punti al campanile di Pisa», ma la fede che aveva nelle proprie opere era così forte che ci stava benissimo. Passava da una casetta all'altra, non si sa perché. Forse in una abitava il grande digiunatore e nell'altra il grande mangiatore. Negli ultimi anni a quanto pare prevalse il secondo. A Casellina e Torri viveva con una governante, ottima cuoca.

Si diceva che durante le sue avventure avesse accumulato un tesoro favoloso: oro, pietre preziose, antiche carte piene di formule. Per non parlare dei soldi. Tuttavia Giovanni trovò lavoro come custode nel vicino manicomio di Castelpulci, dove regalava ai rinchiusi piccoli spettacoli e grandi storie. L'ultimo anno, il 1918, venne internato a Castelpulci il poeta dei *Canti Orfici*, Dino Campana. Parlarono del Monte Falterona, dove Campana era passato durante un viaggio a piedi memorabile e dove Succi si era esibito come «digiunatore in grotta», durante i primi tempi della sua attività. «Il Falterona ha fatto impazzire anche Dante Alighieri» disse Dino Campana. Dante, secondo Dino, aveva partecipato a una congiura nell'abbazia di San Godenzo, e poi si era perso nei boschi del Falterona, mentre vagava aveva avuto la visione della selva oscura. Questa è una bella storia. Ma chissà come dovevano essere belle le storie vere inventate da Giovanni. Dino Campana, dopo averne sentita una che non conosceremo mai, ammutolì e smise di scrivere.

Giovanni Succi non incoraggiava le visite alla villetta. Ai rari privilegiati raccontava le sue avventure e accennava a quello che aveva imparato da fachiri, stregoni, negromanti e scienziati. Preferiva che i visitatori non si avvicinassero alla cassaforte, che custodiva il tesoro, il diario e soprattutto la ricetta del famoso elisir.

La consapevolezza di non essere riuscito a evitare al mondo la Prima guerra mondiale gli fece venir voglia di andare da un'altra parte. Giovanni morì il 9 ottobre del 1918 e fu sepolto nel cimitero di San Martino alla Palma, a metà strada tra casa sua e il manicomio di Castelpulci. Dopo qualche contenzioso legale, gli eredi entrarono nella villetta insieme ad alcuni testimoni e aprirono la cassaforte. Guardarono dentro pieni di aspettative. Era vuota.

Dopo di lui

Oggi i proprietari della villetta non sanno niente di lui. Eppure magari in quelle mura è ancora nascosta la ricetta dell'elisir.

Achille Ricci, l'uomo più furbo del mondo, si era da tempo ritirato a Ravenna e poi a Lugo, dove, con un amico, aveva messo su un negozio di biciclette e macchine da cucire. Un sacco di gente andava nel negozio per ascoltare le sue storie. Morì nel marzo del 1938.

Sei anni dopo la morte di Giovanni, nel 1924, saltò fuori un individuo che sosteneva di essere Succi. Diceva di aver fatto finta di morire per sapere cosa avrebbero detto di lui le persone dopo la sua morte.

«Il vecchio Succi torna a far parlare di sé. Lo dicevano morto: nemmeno per ombra. È ancora vivo – nella misura in cui può essere vivo un uomo che ha sempre fatto il morto – almeno per quanto assicurano le gazzette della Francia settentrionale, hanno spedito nugoli di redattori a fotografarlo, su quel tavolo di Lilla dove, chiuso da venti giorni in una bara di vetro, lo straordinario recordman contempla immobile con occhi spenti la sfilata interminabile degli spettatori venuti a spiare e misurare il pallore del suo volto cadaverico». (*La Nazione*, 1924).

A Catania pochi anni prima era stato segnalato un altro Succi risorto. «Ridotto in miserrime condizioni, tali da lasciare nell'animo di chi lo avvicinava l'impressione più nauseante».

Non sembra proprio lui, visto che il vero Succi era un uomo «pieno di cura per sé stesso». Si trattava di emuli, che erano rimasti così colpiti dal personaggio (magari lo avevano visto da bambini) da volere essere lui. Arrivò anche un digiunatore dall'Africa che – si disse – era il figlio segreto del Succi. (Uno degli ultimi digiunatori, presunto nipote di Giovanni, fu Willy Schimtz detto Eros, che, represso durante il nazismo, si sfogò e raggiunse i novantatré giorni, nel 1956: così dicono.)

L'articolo della *Nazione* conclude così: «Fu innamorato fin da bambino del grandioso e del fantastico, e fu appunto per questa sua passione pungente che divenne cacciatore prima, esploratore poi. Il suo primo debutto avvenne a Forlì, dove digiunò per quindici giorni, e l'ultimo a Westminster, ove rimase, senza toccare cibo, per cinquantadue giorni». Del digiuno di Westminster non sappiamo nulla. D'altra parte, come diceva Giuseppe Verdi: bottone, più. Bottone meno...

Il carro

Il 19 ottobre del 1918, approfittando di circostanze cosmiche favorevoli, segnalate dalle fosforescenze del cielo, una carovana uscì dal Paradiso Terrestre e puntò diritta verso una villetta – anzi due – sulle colline di Casellina e Torri. Portava pietre preziose, elisir e frutti sconosciuti. Il primo veicolo della carovana era un carro traballante, la cui andatura irregolare prometteva di durare in eterno.

Giovanni saltò su. Al posto di guida c'erano due figure, una robusta e una magra. Cantavano:

«C'è chi mangia per vivere, chi vive per mangiare.
Però ha maggior fortuna
chi per mangiar digiuna».

Era una canzoncina su Giovanni che, composta nel 1889, aveva avuto successo.

«Ma voi chi siete?»

«Non ci riconosci? Il mio nome è Troppa Roba. Ma tu puoi chiamarmi Oppa Oba».

«E tu?» chiese Giovanni all'altro.

«Io mi chiamo Non Mi Basta».

«E chi guida di voi?»

«Tutti e due».

«Ma è impossibile guidare in due».

«È vero» approvarono entusiasti. «Però noi lo facciamo».

«E come ci riuscite?»

«Non sa neanche questo!»

A bordo c'erano anche la nonna, lo stregone e il leone (Kafka aveva intuito la presenza di un grande felino, ma non era stato esatto).

La nonna sussurrò: «Gente di infimo livello» ma si capiva che era contenta.

E poi vide le scimmie, i pappagalli, gli uomini forzuti, le donne magiche. Sciami meteorici accendevano il cielo fino ad aprirlo in due. C'era un uomo, che camminava davanti al carro, lanciava avanti una ruota di legno per spianare il cammino. Poteva sembrare lacero e malridotto, ma era immortale.

Nota finale

«Avete orribili pensieri. Non potete combatterli
con altri pensieri. Combatteteli con il sapore».

Giovanni Succi

Giovanni Succi è realmente esistito e ha vissuto la vita mirabolante raccontata in questo libro. La prima volta me ne ha parlato Stefano De Martin, proponendomi di scrivere un monologo teatrale e fornendomi documenti che testimoniano l'attendibilità della vicenda. Poi sono intervenute questioni personali. Giovanni è nato vicino al paese di mia nonna, ed è morto sulla collina davanti a casa mia. Mi bastava andare in questi luoghi per intravedere l'ombra del digiunatore. Sono emersi dettagli e corrispondenze. Ho anche scoperto che conoscevo da tempo una discendente di Giovanni: Lucia Succi. Ovunque andassi, Giovanni Succi si manifestava prendendo la forma di qualche dettaglio ammaliante. Quell'uomo incredibile mi aveva circondato.

Il monologo per il momento non l'ho scritto, perché far parlare direttamente il digiunatore non è facile e non sono riuscito a convincerlo: ci sono alcune verità che preferisce lasciare nell'ombra. Se cambiasse idea, io sono qui.

In compenso ho scritto questo romanzo. Ecco come. Ho letto i documenti. Si parla di Giovanni Succi in diversi libri e in molti articoli dell'epoca. A forza di studiare documenti entravo in una specie di trance e immaginavo scene e episodi che nei documenti non ci sono. Era tutto molto convincente, per me. Un' immersione irreversibile. Mi costerebbe una certa fatica fare il percorso inverso e dire: questo è vero, questo è inventato. Dopo attento studio, è tutto vero! Sarebbe anche una fatica contro natura, perché l'immersione è avvenuta proprio per raggiungere quelle scene inventate. Per sentire un sapore che trascende l'analisi.

Posso fare, però, qualche esempio. C'è un personaggio che si fa chiamare Lux ed ha a che fare con la luce elettrica. Non mi sarei mai sognato di inventare un dettaglio del genere, suona così falso! Invece è raccontato nel libro di Giovanni Mirzan *Trilogia Ipno-Spiritica socialista*, penso che il titolo parli da solo: unisce visioni del mondo che noi siamo abituati a tenere separate. Il libro di Mirzan è stato la base per immaginare il soggiorno milanese del digiunatore.

Un altro dettaglio: l'incontro con Sigmund Freud non emerge dai documenti. Ma risulta l'incontro con Jean-Martin Charcot, che in quel periodo era il maestro di Freud (che chiamò Jean-Martin il suo primogenito).

Che Giovanni Succi avesse capacità eccezionali mi sembra indiscutibile. Avrebbe potuto essere un profeta. I digiuni scatenavano in lui forze nascoste, che assomigliano a poteri paranormali. Se queste capacità siano latenti in ognuno di noi non lo so, ma è affascinante pensarlo. Come racconto nel libro, non era un digiunatore debole e macilento, digiunatori di questo tipo se ne vedono dalla notte dei tempi. Seguaci del digiuno punitivo. Giovanni era un digiunatore con la tempra del grande mangiatore, megalomane e generoso. Il digiuno lo riempiva di forza e di allegria. Questo mi sembra un dato di fatto. Non un trucco. Tuttavia, osservando la vita di Giovanni Succi, si nota che i nomadi circensi, i forzuti che si esibivano nelle piazze, gli imbonitori, rimangono per lui un modello di relazione con gli altri. Si potrebbe pensare quindi a una figura tutta rivolta al passato. Credo invece che la nostra epoca si regga sul ciarlatanesimo proprio negli ambiti in cui pare più seria. (Intendo qui la parola in senso ambivalente: il ciarlatano può essere un imbroglione dagli effetti devastanti, per esempio i grandi dittatori, ma anche un portatore di suggestioni che ti aiutano *davvero* a vivere meglio.)

Più rileggo i documenti più vedo che Giovanni Succi, emerso dal mondo antico dei baracconi erranti, ha esercitato un influsso su molte esperienze fondamentali della nostra epoca: il socialismo, la psicoanalisi, la telepatia, il cinema, l'elettricità, le esplorazioni geografiche, gli scavi nell'antico Egitto, il giornalismo, il positivismo, lo spiritismo. Per non parlare di singoli individui come Buffalo Bill, Henry Morton Stanley, Cesare Lombroso, Emilio Salgari, Dino Campana. Sospetto inoltre, come si può intuire leggendo questo romanzo, che alcune idee di Lenin derivino da Giovanni Succi (pare siano arrivate in Russia passando dalla Romagna).

Infantile, eroico, fortissimo, incapace di disprezzo e di rancore, visse sfidando tutto: perfino il manicomio in cui periodicamente lo rinchiudevano. Per non parlare del senso del ridicolo. Andò alla conquista del mondo normale proprio grazie alla propria anormalità. Influenzò personaggi che poi hanno influenzato noi. Il fatto che abbia conosciuto così tanti individui eccezionali non mi sembra un accumulo meccanico di incontri. In tutto questo si nasconde un significato. Un messaggio legato alla conoscenza di noi stessi in relazione agli altri. Manovrato dalle forze che lui stesso scatenava, Giovanni Succi ha provato a conoscere sé stesso, ma l'impresa si è rivelata impossibile. La sua grandezza è che se ne è reso conto. Allora ha cercato in tutto il mondo qualcuno che gli spiegasse chi era.

Ringraziamenti

Questo libro non esisterebbe senza Stefano De Martin, fonte inesauribile di documenti e fotografie.

Ringrazio Lucia Succi per i suoi ricordi.

Carlo Romiti ha visto gli uomini prodigiosi: mi ha raccontato dell'uomo cavallo senza milza e di quello che urlava «non mi basta». Gli uomini che venivano dal mare li ho conosciuti personalmente.

Dalla vita di Maria Terzi traggo l'idea della comunione come crocefissione frontale.

Due frasi della Nota Finale sono di Giovanna Morelli.

Simone Marchi ha cullato questo libro. Cristina Palomba l'ha fatto crescere.

Infine ringrazio Giovanni Succi. Credo, sinceramente, che un contatto telepatico tra noi ci sia stato.

Bibliografia del Digiunatore

Albani, P., *I sogni di un digiunatore e altre instabili visioni*, Exorma, Roma 2018.

Annali dello spiritismo in Italia, anno XIX, Torino 1892.

Benedict, F.G., *A study of prolonged fasting*, 1915.

Calligaris, G., *Il pensiero che guarisce*, Tesi di laurea, Udine 1901.

De Leone, E., *L'Italia in Africa, Volume secondo, Le prime ricerche di una colonia e la esplorazione geografica politica ed economica*, Roma 1955.

De Martin, S. (a cura di), *Vivere di fame ovvero fame di vivere. Giovanni Succi, lo spirito del leone e altre storie*, Comune di Scandicci, 2018.

De Sanctis, S., *I sogni, studi clinici e psicologici di un alienista*, Torino 1899.

Filesi, T., *La mediazione italiana nel conflitto franco-malgascio del 1883-85*, «Rivista di Studi Politici internazionali», Roma aprile-giugno 1973.

Fontana, A., *Il rifiuto del cibo*, in *Derive*, Mimesis (Milano-Udine) 2010.

Kafka, F., *Un artista del digiuno*, 1922.

Lo Sperimentale, Giornale italiano di Scienze mediche, Firenze, numeri del settembre 1886, marzo 1888, aprile 1888, articoli di Angiolo Filippi e Luigi Luciani.

Minutilli, F., *Nel mar delle Indie. Viaggio di un Italiano*, in *Nuova Antologia di scienze, lettere ed arti*, Firenze 12 febbraio 1882.

Mirzan, G., *Trilogia Ipno-Spiritica socialista*, L. Roux e C., Torino-Roma 1894.

Nepoti, E., *La storia del cinema muto a Bologna attraverso la documentazione d'epoca. Protagonisti, imprese, spettacoli e luoghi per la gestione dell'immaginario della società urbana (1896-1925)*, Tesi di dottorato, 2015.

Precht, R., *Kafka e il digiunatore*, Nutrimenti 2014.

Priori, D., *Il digiunatore e lo scienziato, Accademia Naturale delle Scienze detta dei XL*, Memorie di Scienze Fisiche e Naturali, Aprilia 2017.

Scialdone, M.P., *Franz Kafka e la disabilità*, Franco Angeli, Milano 2018.

The two worlds, a journal devoted to spiritualism, occult science, ethics, religion and reform, Oregon 23 marzo 1888.

Williams, E.A., *Appetite and Its Discontents*, Chicago 2020.

Indice

Questo libro è stampato col sole

Azienda carbon-free

Fotocomposizione: Alessio Scordamaglia

Finito di stampare
nel mese di dicembre 2021
per conto della Adriano Salani Editore s.u.r.l.
da Grafica Veneta S.p.A. di Trebaseleghe (PD)
Printed in Italy